Bettina Belitz
Luzie & Leander • Verzwickt chaotisch

Foto: © André Weimar

DIE AUTORIN

Bettina Belitz, Jahrgang 1973, wuchs in Heidelberg zwischen unzähligen Büchern auf und verliebte sich schon früh in die Magie der Buchstaben. Lesen alleine genügte ihr dabei nicht – nein, es mussten auch eigene Geschichten aufs Papier fließen.
Nach dem Studium arbeitete Belitz als Journalistin für verschiedene Tageszeitungen, bis sie ihre Leidenschaft aus Jugendtagen zum Beruf machte und Autorin wurde. Sie lebt heute im Westerwald.

www.bettinabelitz.de

Von der Autorin ist außerdem bei cbt erschienen:

Luzie & Leander – Verflucht himmlisch (30939, Band 1)
Luzie & Leander – Verdammt feurig (30940, Band 2).

Weitere Bände in Vorbereitung.

Bettina Belitz

Luzie & Leander

Verzwickt chaotisch

Kinder- und Jugendbuchverlag
in der Verlagsgruppe Random House

MIX
Papier aus verantwortungsvollen Quellen
FSC
www.fsc.org
FSC® C014496

Verlagsgruppe Random House FSC® N001967
Das für dieses Buch verwendete
FSC®-zertifizierte Papier *Pamo House*
liefert Arctic Paper Mochenwangen GmbH.

1. Auflage
Erstmals als cbt Taschenbuch Juni 2015

Umschlagillustration: Bianca Schaalburg
Umschlaggestaltung: Basic-Book-Design,
Karl Müller-Bussdorf
MI · Herstellung: kw
Satz: Buch-Werkstatt GmbH, Bad Aibling
Druck und Bindung: GGP Media GmbH, Pößneck
ISBN: 978-3-570-30941-4
Printed in Germany

www.cbt-buecher.de

INHALT

SUPERCOOL

»Los. Noch zehn.«

Leander gehorchte, ohne zu murren. Unsere Sit-ups gehörten inzwischen fest zu unserem Abendprogramm. Leander hatte sich an meine Übungseinheiten gewöhnt und ich hatte mich daran gewöhnt, sie nicht mehr alleine, sondern zusammen mit ihm zu machen. Im Gegensatz zu vielen anderen Leander-Dingen, an die ich mich wahrscheinlich niemals gewöhnen würde.

Doch während der Sit-ups blieb er friedlich. Unauffällig schielte ich zu ihm hinüber. Seine Haltung war mustergültig. Ohne sichtbare Anstrengung zog er sich hoch und glitt geschmeidig zurück. Seine Huskyaugen ließ er geschlossen. Wenn er ausatmete, schimmerten seine Wangenknochen bläulich auf.

Ich verkniff mir ein Seufzen, als ich meinen Blick von ihm abwandte und mich wieder auf meine Bewegungen konzentrierte. Diese Sit-ups waren einerseits ein heiliges Ritual, andererseits ein Trauerspiel. Denn sie nützten mir nichts mehr. Ich hatte vor anderthalb Jahren eigentlich deshalb angefangen, Sit-ups zu machen, weil ich meine Parkour-Fähigkeiten verbessern wollte. Beim Parkour waren Bauchmuskeln niemals verkehrt. Sie halfen mir, meine Körperspannung zu halten und den Schwung zu bewahren. Aber dann war Leander plötzlich in mein Leben geflattert und hatte mir alles ordentlich vermasselt. Okay, um ehrlich zu sein: Leander und Seppo hatten mir alles vermasselt.

Leander von Cherubim war mein Exschutzengel. Er selbst nannte sich Wächter und seine Organisation hieß Sky Patrol. Ziemlich dämlicher Name, wie ich fand. Nach meinem missglückten Herbstrun hatte Leander die Nase voll von mir und trat in Streik. Daraufhin wurde er von seiner Truppe – genauer: seinem eigenen Vater – verflucht, bekam versehentlich einen menschlichen Körper und blieb fortan an meiner Seite. Mit diversen Unterbrechungen allerdings.

Zuerst war Leander derjenige gewesen, der unbedingt wollte, dass ich mit Parkour aufhörte. Doch ausgerechnet Seppo, den ich schon ewig kannte und in den ich verknallt war (zumindest hatte ich das gedacht), hatte meinen Eltern verraten, was ich den ganzen Tag mit den Jungs so trieb. Hauswände erklimmen, über Brüstungen springen, fremde Gebäude stürmen. Dabei war Seppo mein Lehrer gewesen! Er hatte mir all das beigebracht. Und dann verriet er mich – nicht einmal direkt, nein, er hatte heimlich ein Video von mir auf meinem Laptop angespielt und dafür gesorgt, dass meine Mutter das Filmchen entdeckte. Heldin dieses Parkour-Films: ihre eigene Tochter. Hätte Seppo es ihr persönlich gesagt, wäre sie vermutlich dahintergekommen, dass er etwas damit zu tun hatte. Feige war er also auch noch gewesen. Das machte es doppelt schlimm und darüber kam ich immer noch nicht hinweg.

Seppo hatte sich zwar bei mir entschuldigt, anfangs sogar täglich. Ein Riesentheater hatte er gemacht und dabei so schnulzig und schmalzig dahergeredet, dass mir vom Zuhören fast schlecht wurde. Er führte sich auf, als sei er der tragische Held einer italienischen Oper. Das war sogar Serdan und Billy peinlich und die beteten Seppo geradezu an. Aber geändert hat Seppos Gelaber gar nichts an unserer verzwickten Situation. Die Jungs trauten sich nicht, das zu tun, was Serdan beschlossen hat: unseren Eltern zu sagen, was wir taten, und sie darum zu bitten, es weiterhin machen zu dürfen. Denn nur meine Eltern wussten es. Ich hatte die Jungs nicht verraten. Nicht einmal Seppo. Manchmal bereute ich das. Ich hätte ihn ans Messer liefern sollen. Damit er mindestens so viel Ärger bekommen würde wie ich. Denn meine Mutter ließ mich kaum mehr aus den Augen. Sie hatte sogar ihren Job als Turnlehrerin gekündigt, um mich rund um die Uhr beobachten zu können.

Aber irgendwie konnte ich Seppo nicht ans Messer liefern. Und jetzt hatten wir seit Wochen kein Parkour mehr gemacht – seitdem mein Ersatzwächter Vitus mich allein gelassen hatte, unser Leichenkeller beinahe abgefackelt war, Leander mich aus den Flammen gerettet und ich ihm im Gegenzug versprochen hatte, ihm menschliche Gefühle beizubringen, damit er bei mir bleiben konnte. Als – naja, Freund oder Familienmitglied oder so etwas. Und nicht als Wächter.

Okay – auch ich hatte mein Versprechen nicht eingelöst. Die Jungs trauten sich nicht, ihren Eltern von unserem Sport zu erzählen. Und ich vermied es, mit Leander über Gefühle und den ganzen Kram zu sprechen. Er würde es ja sowieso nicht verstehen. Wächter kannten nämlich keine Gefühle. Für sie waren wir Menschen eine Zusammensetzung aus Fehlern und sie hatten die Aufgabe, diese Fehler auszugleichen. Sie verstanden nichts von Liebe und Freundschaft und Familie. Sie wussten, dass all das wichtig war – ja, das war ihnen klar. Aber sie selbst hatten so etwas nicht. Sie funktionierten nur.

Gestern hatte mich Leander wieder bis weit nach Mitternacht mit der Frage gepiesakt, was denn nun einen Menschen von einem Wächter unterscheide. Er würde bei sich und den Menschen gar keinen großen Unterschied sehen. Ich hab nur gelacht. Richtig, Leander hatte einen Körper – einen ganz netten sogar, musste ich zugeben – er aß und trank und ging aufs Klo und schlief und bewegte sich.

Aber sehen und hören konnte nur ich ihn. Fühlen konnten ihn fatalerweise alle und das machte das Zusammenleben mit Leander fürchterlich kompliziert. Ganz abgesehen davon, dass er gerne stundenlang duschte, ständig französische Lieder trällerte, Essensreste in meinem Zimmer verteilte und täglich meinen Hund entführte. (Er ging ohne Leine mit ihm Gassi, was Mama jedes Mal beinahe hysterisch werden ließ, weil sie fürchtete, Mogwai könne überfahren werden. Sie wusste ja nicht, dass Leander dabei war und den Hund wie seinen Augapfel hütete. Und eine Leine nehmen konnte er nicht – sie würde ohne sichtbaren Leinenführer in der Luft herumtanzen.)

Ich hatte keine Lust, mit Leander über Gefühle zu reden. Oder sie ihm gar beizubringen. Denn damit waren ernste Themen verbunden. Menschen konnten traurig werden. Angst haben. Sich verlieben – so wie ich mich in Seppo. Damals. Nur Ärger hatte das gebracht. Ich mochte diese Themen nicht. Es reichte mir, dass Mama dauernd Pubertätsfrauengespräche mit mir führen wollte, während Leander feixend danebensaß und sich köstlich über uns amüsierte.

Erst vorgestern hatte Mama mir einen blasslila Spitzen-BH von H&M mitgebracht und darauf bestanden, dass ich ihn an Ort und Stelle (neben dem Schreibtisch, auf dem Leander mit baumelnden Beinen und blitzenden Augen saß) anprobierte. Dabei wusste Mama ganz genau, dass ich a) kein Rosa und Lila mochte und b) BHs verabscheute. Sie piekten und zwickten. Außerdem hatte ich (noch) nicht genug Material zum Hineinpacken. Auch das wusste Mama. Ich war vierzehn – gerade erst geworden, am 1. April. Meiner Meinung nach konnte ich mit achtzehn anfangen, BHs zu tragen. Oder mit neunzehn. Vielleicht auch niemals.

»Luzie. Du konzentrierst dich nicht«, meckerte Leander und vollführte einen letzten vorbildlichen Sit-up. Dann sprang er leichtfüßig auf, positionierte sich vor dem ovalen Spiegel, den Mama mir vor einigen Tagen an die Wand neben den Schrank gehängt hatte (sie meinte, Mädchen müssten einen Spiegel im Zimmer haben), und zog erwartungsvoll sein Shirt hoch. Das war auch eine von Leanders Eigenschaften, an die ich mich wohl niemals gewöhnen würde. Er war viel zu gerne nackt. Er kannte kein Schamgefühl. Aber wie sollte ich ihm erklären, was Schamgefühl war? Es war zwecklos. Das brauchte ich gar nicht erst zu probieren.

»Coooool«, raunte Leander andächtig, als er seine Bauchmuskeln anspannte und sie kleine runde Schatten warfen. »Hey, Luzie, sieht das nicht supercool aus?«

»Hmpf«, machte ich. Es war egal, was ich sagte. Leander fand sich so oder so umwerfend. Das Gemeine daran war, dass er damit gar nicht unrecht hatte. Cool fand ich ihn nicht. Dafür zeterte und schimpfte und gockelte er zu viel. Aber manchmal wünschte ich mir, Sofie würde ihn sehen und bestaunen können. Oder Seppo. Damit er wüsste, dass ein Junge bei mir im Zimmer wohnte und neben mir auf dem Sofa schlief. Jede verdammte

Nacht. Ein Junge mit einem grünen und einem schneeblauen Auge, verwuschelten Haaren und einer Haut, die aussah, als habe er die letzten Wochen auf Hawaii verbracht. Außerdem hatte dieser Junge ein gigantisches Engelsflügel-Tattoo auf dem Rücken. Dieses Tattoo war in der Tat cool.

Prüfend betastete ich meine eigenen Bauchmuskeln. Sie waren da, aber man konnte sie nur erahnen. Und ich würde es tunlichst bleiben lassen, sie Leander zu zeigen. Jetzt beugte er seine nackten Arme und begutachtete kritisch seine Bizeps.

»Pass bloß auf, dass du kein Gorilla wirst«, murrte ich. »Zu viele Muskeln sind eklig.«

»Pfff«, machte Leander und rückte sein Stirntuch zurecht. Gewinnend grinste er sein eigenes Spiegelbild an. Wie immer blieben meine Blicke an dem Grübchen hängen, das sich in seiner linken Wange bildete, wenn er lächelte. Es war ein Fluch, diese Grübchenglotzerei. Ich konnte nichts dagegen tun.

»Noch bin ich rank und schlank. Oder etwa nicht?«, fragte er.

»Doch, bist du«, erwiderte ich spitz und zog mich auf mein Bett zurück. Widerwillig riss Leander sich von seinem Spiegelbild los und drehte sich zu mir um.

»Hausaufgaben fertig? Französisch-Konjugationen gelernt?«

Ich streckte ihm nur die Zunge raus. Manchmal benahm er sich wie mein Hauslehrer. Leander sprach fließend Französisch und ja, es hatte Wirkung gezeigt. In der letzten Arbeit hatte ich sogar eine Eins geschrieben. Das hatte Frau Dangel fassungslos gemacht. Mama auch. Ich hatte diese gute Zensur einzig Leander zu verdanken. Er quälte mich jeden Abend mit Französisch, abwechselnd Grammatik und Vokabeln. Und ich wurde immer besser. Das hieß aber noch lange nicht, dass ich Französisch mochte. Ich mochte es, wenn Leander abends französisch vor sich hin brabbelte oder leise sang. Doch ich mochte es nicht, wenn ich es selbst sprechen musste und gar von Leander abgehört wurde.

»Alors!«, rief er zufrieden. »Dann können wir uns ja den menschlichen Gefühlen zuwenden.«

Ich wollte gerade eine schlüssige Ausrede erfinden, wieso wir genau das nicht tun konnten, als draußen vor meiner Zimmertür ein kleiner Tumult ausbrach.

»Heribert! Schnell! Hierher!«, gellte es aus dem Wohnzimmer. Mama. Mit einer Stimme wie eine schmetternde Posaune. Sie zitierte meinen Vater herbei.

Leander reckte neugierig den Kopf. »Was zum Beispiel war das für ein Gefühl?«

»Entsetzen, würde ich sagen«, antwortete ich gelangweilt. »Der Fernseher mal wieder?«

»Möglich.«

Leander zuckte mit den Schultern. Ich stöhnte gereizt auf. Leander durfte nur noch alle zwei Tage duschen. Denn seine dauernden Duschorgien wurden auffällig. Schließlich musste ich immer dabeibleiben. Heute war mein Duschtag gewesen – ich hatte mich nach dem Essen alleine ins Bad einschließen dürfen. Und wie es aussah, hatte Leander während dieser Zeit wieder ferngesehen. Französische Kanäle. Ohne den Fernseher anschließend auszuschalten. Zum fünften Mal in Folge.

Nun eilten auch schon Papas Schritte herbei.

»Das muss irgendein Zeichen sein! Ein Zeichen!«, krakeelte Mama.

»Bitte, Rosa, verschone mich mit Zeichen. Es genügt, dass deine liebe Frau Mutter überall und zu jeder Zeit Zeichen von höheren Mächten zu sehen glaubt. Wahrscheinlich war es Luzie.«

»Warum sollte Luzie einen französischen Nachrichtensender anschauen?«, trompetete Mama.

»Ja, warum?«, fragte ich und stierte Leander vorwurfsvoll an. »Und wolltest du nicht Daily Soaps und Liebesfilme sehen, als Vorbereitung für die Gefühle?«

»Jaaaah«, erwiderte Leander gedehnt. »Schon. Aber die sind so la-haaangweilig. Dauernd weinen die Frauen und die Männer gucken nur wichtig und prügeln sich oder machen dumme Sachen, ständig wird jemand krank oder stirbt oder – puuh. Nee. Nicht gut.«

Also waren sie nicht langweilig, sondern Leander verstand sie nicht. Oder er fürchtete sich vor den toten

Menschen. Mamas Stimme näherte sich. Dann hämmerte sie aufgeregt gegen meine Tür.

»Komm rein, Mama.«

»Luzie!« Sie sah zerzaust aus. Und ein bisschen ängstlich. »Liebes, hast du ferngesehen? Etwas – Französisches?«

»Ja«, log ich. »Mussten wir für die Schule machen. Sorry, hab vergessen auszuschalten.«

Leander pfiff vergnügt vor sich hin und überprüfte in aller Seelenruhe seine Fingernägel. Mama prustete erleichtert.

»Na, dann ist ja gut. Ich dachte schon ...« Sie schüttelte ihren wirren Lockenkopf, als wolle sie einen Schwarm Wespen vertreiben. Klirrend sprang ein rosafarbenes Spängchen in die Luft. Mit einer ausladenden Bewegung fing Mama es auf, bevor es zu Boden fallen konnte. »Und das hier?« Sie zog ein zusammengefaltetes Blatt Papier aus ihrer Hosentasche. »Ist das auch für die Schule?«

Zögerlich nahm ich das Blatt entgegen. Oh nein. Es waren die Witze aus der Tageszeitung; einer nach dem anderen sorgfältig ausgeschnitten und nebeneinandergeklebt. Leanders Werk. Ich hatte ihm vergangene Woche zumindest eine rein menschliche Eigenschaft zu erklären versucht. Humor. Und nun wollte er sich um jeden Preis beibringen, witzig zu sein. Er sammelte all die Kalauer, lernte sie auswendig und erzählte sie mir bei den unpassendsten Gelegenheiten.

»Ähm. Ja. Deutsch«, nuschelte ich und steckte es rasch in meine Schultasche. Leander hatte sogar den Hägar-Comic daruntergeklebt und bunt ausgemalt. Oh Gott.

»Ihr habt Hausaufgaben für die Ferien bekommen?«, hakte Mama nach. »Also, was die Lehrer ihren Schülern heutzutage zumuten …«

»Wir haben Herrn Rübsam doch versprochen, den Notendurchschnitt zu heben«, erklärte ich eilig und das war ausnahmsweise keine Lüge. Das hatten wir tatsächlich. Denn wir waren die schlechteste aller achten Klassen. Das wollte Herr Rübsam nicht länger hinnehmen. Im Gegenzug hatte er uns versprochen, dass wir eine Überraschung bekämen, wenn wir es schafften. Noch am letzten Tag vor den Osterferien hatten wir mehrere Tests geschrieben. Und morgen, am ersten Unterrichtstag nach den Ferien, sollten wir die Auswertung erhalten.

Sofie und ich hatten uns mächtig ins Zeug gelegt, denn wir wollten unbedingt wissen, was für eine Überraschung Herr Rübsam im Sinn hatte. Früher wäre mir so etwas vollkommen egal gewesen. Aber seitdem ich kein Parkour mehr machen konnte, hatte ich eine schöne Überraschung dringend nötig.

Mama klopfte mir meine Kopfkissen zurecht, schüttelte mein Bett aus, legte unauffällig ein paar Kleiderkombinationen auf den Tisch, aus denen ich am nächsten Morgen eine auswählen sollte (was immer vergebens war, denn ich fühlte mich in meinen Cargohosen und

Kapuzenpullis nun mal wohler), und ließ uns endlich wieder allein.

Leander kuschelte sich mit Mogwai auf dem Sofa unter dem Fenster zusammen und ich rollte mich in meinen Bettenkokon ein.

»Was mag das wohl für eine Überraschung sein …«, sinnierte Leander. Mogwai pupste leise.

»Jedenfalls keine für dich. Es ist eine Überraschung für Menschen, nicht für Wächter. Hier, lern deine Witze auswendig!«

Ich warf ihm meine Schultasche auf die Brust und schloss die Augen. Dann würde ich morgen also Giuseppe Wiedersehen. In den vergangenen Tagen hatte er sich nicht blicken lassen, obwohl die Lombardis schräg gegenüber wohnten. Sollte ich ihn angrinsen? Oder schneiden? Ihm Hallo sagen? Ihm gegen das Schienbein treten?

Nein, viel besser: Ich würde die Jungs in der Pause zusammentrommeln und sie dazu überreden, die Wahrheit auf den Tisch zu packen. Entweder wir sagten unseren Eltern, was Sache war, oder wir machten heimlich Parkour. Sollte Seppo sich dagegen aussprechen, hatte ich immer noch die Möglichkeit, ihn zu erpressen. Denn Giuseppe hatte Angst vor seiner Mutter. Signora Lombardi war nur halb so groß und breit wie meine Mutter. Aber sie konnte sich binnen Sekunden in einen Feuer speienden Drachen verwandeln.

Leander würde mir dieses Mal jedenfalls nicht dazwischenfunken. Er musste mich nicht mehr beschützen. Ich war offiziell schutzengelbefreit. Er würde nichts dagegen ausrichten können.

Diese Gedanken stimmten mich so zufrieden, dass ich einschlummerte, sobald Leander sein französisches Schlaflied anstimmte. Und seine weiche, tiefe Stimme begleitete mich sanft in meine Träume.

HORMONALARM

»Luzie! Aufwachen, schnell! Schnell!«

Nein. Dieses Mal nicht. Leanders nächtliche Weckaktionen kannte ich zur Genüge und meistens steckte nichts Weltbewegendes dahinter. Die letzten drei Male hatte er Hunger gehabt, wollte mir einen neuen Witz erzählen (Warum gehen Ameisen nicht in die Kirche? Weil sie in Sekten sind. Haha.) und hatte hinter der Küchenanrichte ein vergessenes Osterei entdeckt, das er mir unbedingt zeigen wollte, weil er sich nicht sicher war, ob man es noch essen konnte.

Doch ich musste morgen in aller Frühe aufstehen. Ich hatte keine Lust, mit ihm zu sprechen.

»Luzie, bitte! Wach auf! Es ist wichtig! Wirklich wichtig!«

Ich musste zugeben, dass Leander sich anders anhörte als sonst. Panischer und verwirrter. Noch hektischer. Als wäre etwas Unheilvolles passiert. Oder als würde im nächsten Moment etwas Unheilvolles passieren. War etwa seine Truppe wieder im Anmarsch?

»Was ist?«, zischte ich, knipste die Lampe an und richtete mich blinzelnd auf.

Leander stand mitten im Zimmer, in der einen Hand ein Badetuch und in der anderen seine Duschgeltube. Seine Augen waren weit aufgerissen. Fuchtelnd deutete er zur Tür. Die Duschgeltube fiepte schrill, weil er sie dabei mit seinen Fingern zusammenquetschte.

»Willst du etwa, dass ich jetzt mit dir duschen gehe? Um diese Uhrzeit? Außerdem ist heute gar nicht dein Badezimmertag!«

»Nein. Neiiin. Ich wollte eben allein duschen. Weil ja alle schlafen. Hab ich schon öfter gemacht«, fügte er mit einer abwertenden Geste hinzu, als ich protestieren wollte. »Aber dann – deine Eltern …«

»Haben sie dich etwa erwischt?« Jetzt war ich hellwach. Oh nein. Meine Eltern waren ins Bad gekommen und hatten das Duschgel durch die Luft wandern sehen. Oder noch schlimmer: Schaum, der an einem unsichtbaren Körper hinunterlief. Viel Schaum …

»Nein, nein, das nicht, aber – ich – ich …« Leander fing an zu stottern und fuhr sich nervös durch seine verstrubbelten Haare. »Ich mache mir Sorgen. Sie haben so komische Geräusche gemacht. Es klang, als hätten sie Schmerzen, alle beide. Vor allem deine Mutter. Aber als ich dann die Tür ein Stück aufgeschoben und ins Schlafzimmer geschaut habe – ich bin ein Wächter, ich muss das tun! –, da …«

»Was ist mit meinen Eltern?« Ich schmiss ihm ein Kissen an den Kopf. Musste er immer so herumdrucksen? »Nun rede schon! Sind sie krank? Verletzt? Soll ich einen Arzt holen?« Nun war auch ich vollkommen aufgelöst. Meine Eltern hatten Schmerzen! War vielleicht Mamas Nudelauflauf verdorben gewesen? Brannte es wieder? Oder …

»Nein, Luzie, stopp. Kein Arzt.« Leander atmete geräuschvoll aus. »Ich glaube, sie brauchen keinen Arzt. Es war nur sehr – hm.« Er suchte nach Worten. »Also, deine Mama hat immer haaa, haaa gemacht und dein Papa huuu und hooo, huuu, hooo, und erst dachte ich, deine Mama bringt deinen Papa um, weil sie ihn fast unter sich begraben hat, na, und dann ging das immer so weiter, haaa, huuu, hooo, sie sind auf und ab gewippt, das Bett hat gequietscht …«

»Schluss!«, rief ich und schlug mir gleichzeitig die Hand vor den Mund. Ich durfte nicht zu laut werden. Ich wollte Mama und Papa jetzt nicht anlocken. Ich wollte sie auf keinen Fall sehen. Das Beste würde sein, sie niemals wieder zu sehen. Mir andere Eltern zu suchen. Auszuwandem. »Ist okay, ich hab verstanden! Sie sind nicht krank. Oh Mann, Leander …«

Ich wandte mich ab und drückte mein Gesicht in die Bettdecke. Am liebsten hätte ich mich darunter verkrochen. Verdammt, war das peinlich. Leander hatte meinen Eltern beim Sex zugeguckt.

»Jedenfalls«, fuhr Leander wichtig fort. »Nach vielen Huus und Haas und Hooos hat deine Mama aufgehört, deinen Papa in die Matratze zu drücken, sie haben beide gejauchzt und er hat gesagt, dass er sie liebt! Sie tut ihm minutenlang weh und er sagt, dass er sie liebt! Allerdings verstehe ich nicht, wieso sie haaaah, haaaah gemacht hat, obwohl er ihr gar nichts Schlimmes angetan hat. So sah es zumindest aus. Ich meine, ich weiß es nicht genau, es war dunkel, aber – warum machen die so etwas, Luzie? Luzie, antworte!«

Ich stellte mich tot, doch Leander begann, an meinen Haaren herumzuzupfen und mich in die Seite zu pieken.

»Lass mich in Frieden und setz dich auf deinen Schreibtisch!«, herrschte ich ihn an. Eigentlich war es mein Schreibtisch. Doch das war mir gleichgültig. Er sollte aufhören, mich anzufassen. Leander folgte meiner Anweisung, durchleuchtete mich aber weiterhin mit seinem zweifarbigen »Ich will alles wissen«-Blick.

»Luzie, sag mir bitte, was deine Eltern da gemacht haben. Bitte! Ich muss das verstehen, wenn ich gut im Menscheln werden will. Was war das? Muss ich das auch tun?«

»Niemand muss das tun«, antwortete ich barsch. »Die machen das, weil sie sich lieb haben. Jetzt sag bloß, du bist nicht aufgeklärt. Das gibt es nicht. Ihr beschützt Menschen und seid nicht aufgeklärt?«

»Natürlich bin ich aufgeklärt!«, entgegnete Leander empört. »Die Männer stecken ihr …«

»Ich bin auch aufgeklärt«, unterbrach ich ihn hastig.

»Ich weiß alles. Und genau das war das, was du eben gesehen hast. Denke ich. Okay?«

»Hm. Ach so.« Leander war offenbar gar nichts peinlich. Nein, er schien die Angelegenheit hochinteressant zu finden. »Ich wusste nicht, dass sie so seltsame Geräusche dabei machen. Das hat mir niemand erzählt. Kommt erst in den Kursen für die Prominentenwächter, weißt du. Ich war ja bisher nur für Kinder zuständig. Und, äh, Meerschweinchen. Die machen keine Geräusche dabei. Und es geht ganz schnell.« Plötzlich strahlte er. »Dann kriegst du jetzt ein Geschwisterchen!«

»Bitte was? Wieso soll ich ein Geschwisterchen kriegen?«

»Na, weil deine Eltern sich eben fortgepflanzt haben. Ich glaub, *du* bist nicht aufgeklärt, Luzie ... Das solltest du wissen als Frau. Mädchen. Dingsbums.«

»Ich bin kein Dingsbums. Und ein Geschwisterchen werde ich auch nicht kriegen.« Ich lehnte mich an das Kopfteil des Bettes und fächelte mir Luft zu. Mir war plötzlich furchtbar warm.

»Aber – wieso denn nicht?«, fragte Leander rätselnd.

»Weil Mama die Spirale nimmt. Deshalb. Sie darf keine Kinder mehr kriegen.«

»Spirale«, echote Leander. »Spirale?« Er malte Kringel in die Luft. »Was ist das?«

»Das ...« Ich brach ab. Ganz genau wusste ich das selbst nicht. »Das ist so ein Ding, das sie sich einsetzen lässt, und dann kriegt sie keine Kinder, wenn sie – das macht, was du eben gesehen hast.«

»Wo genau wird das eingesetzt? Von wem?«

»Das spielt keine Rolle«, blaffte ich ihn an. »Ich kriege kein Geschwisterchen. Kapiert?« Jetzt war mir nicht nur warm, nein, ich war plötzlich auch ungeheuer wütend. Ich hätte gerne einen Bruder oder eine Schwester bekommen. Stattdessen saß ein dämlicher Wächter bei mir im Zimmer und stellte blöde Fragen. Aber der Arzt hatte zu Mama gesagt, dass sie sehr krank werden könnte, wenn sie noch einmal schwanger werden würde. Und natürlich wollte ich das nicht. Es war schon in Ordnung, wie es war. Ich mochte nur nicht darüber reden.

Ebenso wenig wollte ich an dieses Spiralengespräch denken, das Mama und Papa während des Mittagessens geführt hatten. Betont locker und laut, damit ich auch ja alles mithören konnte und somit eine Gratislektion in punkto Verhütung erhielt. Ich hasste es, wenn Mama und Papa das machten. Ich hatte meinen Biologieunterricht und Sofie. Mehr brauchte ich nicht. Mehr wollte ich gar nicht wissen.

»Das ist schade«, murmelte Leander nach einer Weile. »Babys sind so niedlich. Geburten sind eine Sauerei, okay, aber Babys …« Er seufzte schwer. »Sogar du warst niedlich. Hässlich und trotzdem niedlich.«

»Du warst bei meiner Geburt dabei?«

»Klar.« Leander richtete sich stolz auf. »Wir sind immer dabei. Gut, ich hab nicht hingesehen und ein paar Mal bin ich raus in den Flur geswitcht, weil deine Mama so gebrüllt und geflucht hat, aber als du schließlich da warst, bin ich nicht von deiner Seite gewichen.«

Ich wusste mittlerweile, dass Leander stinkfaul war, sich gerne vor schwierigen Dingen drückte und maßlos übertrieb, wenn er von seinen Heldentaten bei Sky Patrol erzählte. Also war er vermutlich die ganze Zeit auf dem Flur gewesen und erst dazugekommen, als die Schwester mich gewaschen und in Klamöttchen gepackt hatte.

»Ich finde es trotzdem komisch, dass deine Mama und dein Papa so was tun, obwohl sie keine Kinder wollen«, redete Leander gedankenverloren weiter. »Wäre doch besser, wenn sie es gar nicht mehr machen würden. Dann bräuchte deine Mama auch nicht diese Spirale einzusetzen. Wann willst du anfangen, so etwas zu machen?«

»Überhaupt nicht!«, fauchte ich und im selben Moment wurde mir klar, dass das vielleicht wirklich so sein würde. Leanders Familie hatte sich seit seinem endgültigen Entschluss, bei mir zu bleiben, nicht mehr blicken lassen. Kein einziges Lebenszeichen von den Cherubims. Es sah fast so aus, als akzeptierten sie seine Rebellion. Und nachdem er mich aus den Flammen gerettet hatte, hatte ich dummerweise gesagt, dass er mir nie wieder von der Seite weichen dürfe. Bedeutete im Klartext: Leander würde immer bei mir bleiben. Und ganz gewiss würde ich das, was Mama und Papa eben getan hatten, niemals mit einem Jungen tun können, wenn Leander nebendran auf dem Schreibtisch saß und mit den Beinen baumelte. Uns beobachtete. Sich über uns lustig machte. Im Grunde konnte ich gleich ins Kloster gehen.

Ich schwieg bedrückt. Ich würde nicht einmal ungestört einen Jungen küssen können.

»Bei meinem letzten Sky-Patrol-Camp haben wir gelernt, dass die Jungen und Mädchen heutzutage immer früher mit dem Fortpflanzen anfangen«, fuhr Leander mit gedämpfter Stimme fort. »So mit vierzehn, fünfzehn. Viele auch schon mit dreizehn. Damit verkürzt sich unsere Arbeitszeit. Denn das mit dem Fortpflanzen ist immer ein Zeichen, dass unsere Klienten langsam erwachsen werden. Ich frag mich nur, warum sie so früh Kinder haben wollen.«

Okay, manchmal war er sehr schwer von Begriff. Und ich war zu erledigt, um ihm zum fünften Mal zu erklären, dass das nicht unbedingt etwas mit Kinderkriegen zu tun hatte. Ich rollte mich wieder in meine Decke ein und blieb still liegen.

»Huuu, haaa, hooo«, tönte Leander in die Stille hinein und kicherte belustigt.

»Halt die Klappe«, knurrte ich.

»Aber die Reihen lichten sich schon, Luzie. Morgen sind es garantiert weniger geworden. Deine Klasse ist sehr, sehr frühreif.«

»Was – weniger?«, vergewisserte ich mich gähnend. »Schutzengel?«

»Es gibt keine Schutzengel! Merk dir das ein für alle Mal. Wir heißen Wächter. Es werden weniger Wächter sein. Ich tippe auf Serdan. Serdans Wächter ist in den vergangenen Wochen öfter weg gewesen. Die dralle Elena dürfte auch langsam allein klarkommen.«

Ja, Elena machte bestimmt schon huu und haa. Sie war schließlich zwei Jahre älter als der Rest der Klasse, weil sie zweimal sitzen geblieben war, und sah jeden Tag aus, als wäre sie in einen Farbkasten gefallen. Kriegsbemalung. Ich konnte sie nicht ausstehen, weil sie Sofie und mich wie kleine Kinder behandelte. Für Elena waren wir unreife Dummchen, die keine Ahnung vom Leben hatten. Das nervte gewaltig.

Im Flur sprang das Licht an und wir hörten, wie Papa singend in die Küche tapste und etwas aus dem Kühlschrank holte. Papa sang sonst nie. Er musste in der Tat großen Spaß gehabt haben. Ich knipste rasch die Nachttischlampe aus. Er sollte bloß nicht auf die Idee kommen, nach mir zu sehen.

Leander ließ sich vom Schreibtisch rutschen, legte sich unter das Fenster aufs Sofa und lauschte. Kurz flackerte Mamas dröhnendes Lachen auf, dann wurde es ruhig. Ich schüttelte mich unwillkürlich.

»Also kann ich heute Nacht wohl nicht mehr duschen«, wisperte Leander.

»Ganz bestimmt nicht. Schlaf jetzt.«

Aber Leander schlief nicht. Neben mir raschelte es in einem fort. Er wälzte sich hin und her, setzte sich auf, zog sein Shirt aus, zog es wieder an, schlug sich das Kopfkissen zurecht, legte sich hin, drehte sich auf den Bauch, auf den Rücken, auf die Seite – kurz: Er verbreitete Unruhe.

»Was ist denn jetzt noch?«, murrte ich. Sogar der Hund war wach geworden durch Leanders Gezappel und Gefummel.

Leander knipste das Licht wieder an. Sein Oberkörper war nackt. Er reckte den rechten Arm in die Höhe und deutete mit düsterem Blick auf seine Achselhöhle.

»Keine Bange, du stinkst nicht«, murmelte ich schläfrig. »Reg dich ab. Man muss nicht jeden Tag duschen. Und so, wie du dich einschäumst, riechst du sowieso wie eine ganze Parfümabteilung.«

»Das meine ich nicht, Luzie. Da ist etwas, was dort nicht hingehört. Ich will es weghaben. Es darf da nicht sein. Ich habe es nicht bestellt, als ich meinen Körper wählte.«

Ehe ich mich wehren konnte, packte er meine Hand und drückte meine Finger gegen die samtige Haut in seiner Schulterbeuge. Eine samtige Haut mit feinen kurzen Härchen. Ich trat gegen sein Schienbein und riss meine Hand weg.

»Mensch, Leander, du kriegst Haare unter den Armen – na und?«

»Na und? Das sagst du so einfach – na und? Wenn das so weitergeht, sehe ich irgendwann aus wie dein italienischer Affe. Haare überall. Schwarze krause Haare.«

»Ich glaube nicht, dass du schwarze krause Haare kriegst. Und wenn schon. Männer haben nun mal Haare unter den Armen und auf der Brust.«

»Johnny Depp nicht«, widersprach Leander. Jetzt ging das wieder los … Er hatte mal ein paar Wochen bei Johnny Depp in Frankreich verbracht, als Wächterassistent für dessen kleine Tochter. Johnny Depp war Leanders Held. Ein bisschen sah man ihm das auch an. Ich hatte Fotos von Johnny in jüngeren Jahren im Internet gefunden, denen Leander verteufelt ähnlich sah. »Luzie – kannst du es mir ausreißen?«

»Ich soll – was? Nein, kann ich nicht. Es sind außerdem mehrere und ich will jetzt schlafen. Ich hab keinen Bock, dir in deiner Achselhöhle rumzufummeln.«

»Du sollst nicht fummeln. Nur die Haare ausreißen. Aber gut, dann verwandle ich mich eben in einen Affen. Bitte schön«, murrte Leander und zog sich sein Shirt über. »Wirst schon sehen, was du davon hast. Irgendwann wird sich dort Ungeziefer einnisten und ich werde anfangen zu müffeln, Tag und Nacht. Hugahuga.« Er grunzte wie ein Schimpanse.

Ich reagierte nicht auf sein Gefasel. Im Notfall war das das Einzige, was half. So zu tun, als wäre ich nicht da. Trotzdem verfolgte mich Leanders Entdeckung und machte es mir schwer, meine Augen zu schließen und an nichts mehr zu denken. Leander bekam Achselhaare. Eigentlich war das zum Lachen. Doch es bedeutete, dass sein Körper sich veränderte. Wie bei einem Menschen. Eine tiefe Stimme hatte er bereits, seitdem er seinen Körper erfunden hatte, und für mich sah er aus wie mindestens fünfzehn. Aber nun bekam er Bauchmuskeln und Haare unter den Armen. Nicht nur ich war in der Pubertät. Er war es auch.

Und ich ahnte schon, dass sie bei ihm wesentlich katastrophaler ausfallen würde als bei mir.

HARMONIEWECHSEL

»Hör auf, mich in die Kniekehle zu zwicken!«

Ich stieß Leander meine Fußspitze in den Rücken, doch er rührte sich keinen Zentimeter von der Stelle.

»Dann gib mir endlich meinen Toast!«, motzte er.

»Er ist noch im Toaster! Gedulde dich!«

Wie immer hatte Leander morgens grässliche Laune. Und wie immer hockte er unter dem Tisch auf dem Boden, lehnte sich schwer gegen meine Beine und mümmelte vor sich hin. Eigentlich war das gar nicht mehr notwendig. Denn Mama war soeben summend ins Bad verschwunden. Sie hatte sich mir unnatürlich vergnügt präsentiert und fand heute Morgen alles schön. Nicht einmal der kleine Disput zwischen Papa und ihr hatte sie aus ihrer Glückseligkeit reißen können. Es war um die Renovierung der Geschäftsräume im Keller gegangen – mal wieder. Momentan improvisierte Papa. Die Wände waren verrußt und es stank nach verbranntem Papier und kokelndem Holz, doch die technischen Geräte funktionierten und der Wasserrohrbruch war repariert. Also, fand Papa, könne er dort unten auch Kunden empfangen. Mit Kunden meinte Papa tote Menschen.

Und in diesem Punkt musste ich ihm recht geben: Den toten Menschen sollte es herzlich egal sein, ob die Wände verrußt waren oder nicht.

Papa wollte den Keller erst dann renovieren lassen, wenn die wenigsten Leute starben. In den Sommerferien. Damit war Mama einverstanden, weil sie den heimlichen Plan hegte, in dieser Zeit mit uns in den Urlaub zu fahren – etwas, was wir seit Jahren nicht mehr getan hatten. Denn die Hindemeiers von der Parkinsel hatten Papa einen »hübschen Obulus« – so hatten sie es genannt, es war jedenfalls genug Geld für einen Urlaub – zukommen lassen, nachdem ich ihre tote Verwandte aus den Flammen gerettet hatte. Als Belohnung. Sogar die Zeitung hatte über den Brand und meine »Heldentat« berichtet.

Nicht einverstanden war Mama mit Papas Vorstellung von der Renovierung. Nein, umgekehrt. Papa war nicht mit Mamas Vorstellung einverstanden. Er wollte alles so haben, wie es vorher gewesen war. Grau, sauber und zweckmäßig. Ohne Schnickschnack und Tamtam, wie er sagte. Mama wünschte sich etwas mehr Freundlichkeit für diese tristen Räume, was übersetzt bedeutete: mindestens rosa Flakons, am liebsten aber rosa Wände, rosa Vorhänge und rosa Lämpchen. Sie hatte sich sogar für eine Lichterkette ausgesprochen, die sie um die Heizungsrohre winden wollte.

Doch als meine Eltern sich eben gezankt hatten, hatten sie gewirkt, als hätten sie großen Spaß dabei. Mama trug ein verzücktes Lächeln auf den Lippen und Papa redete noch geschwollener daher als sonst, zwinkerte Mama aber fast ununterbrochen zu. Wie eine Eule mit einer unheilbaren Augenkrankheit. Ich fand ihr Gehabe ekelhaft und war froh, dass die beiden mich nach ein paar Minuten giggelnd allein gelassen hatten. Nun hörte ich, wie Mama die Wohnungstür zuwarf und nach unten stampfte. Wahrscheinlich wollte sie Papa im Keller einen Zwinker- und Kicherbesuch abstatten. Bäh.

Ich zuckte zusammen, als die Weißbrotscheibe mit einem Klong aus dem Toaster sprang und quer durch die Luft segelte. Leanders Hand schnellte schräg nach oben und fing sie geschickt auf. Dann krabbelte er gähnend unter dem Tisch hervor, um sich neben mich zu setzen.

Auch das Frühstück war eine verzwickte Angelegenheit geworden, seitdem Leander beschlossen hatte, »für immer« zu bleiben. Wir teilten uns fünf Toasts. Jeder zweieinhalb. Leander einen mit Honig und anderthalb mit Marmelade. Ich beschränkte mich auf Erdnussbutter. Für meine Eltern sah das aus, als würde ich jeden Morgen fünf Toasts mit Honig, Erdnussbutter und Marmelade in mich hineinstopfen.

Nachdem ich Mama von der irrigen Vorstellung abgebracht hatte, dass ich unter einer Essstörung litt, erwähnte sie immer wieder mit verkniffener Miene, wie ungerecht die Welt doch sei. Ich könne essen, so viel ich wolle, und würde doch kein Gramm zunehmen. Ja, bei Mama sah das ein bisschen anders aus. Sie war nicht dick, aber mächtig. Papa nannte es »Hüftgold«, Mama verzweifelte an ihren üppigen Maßen. Sie konnte ja nicht ahnen, dass Leander stets die Hälfte von dem verschlang, was morgens auf meinem Teller landete.

Und zu allem Überfluss bekam ich jeden Morgen Schelte, weil der Boden von Krümeln bedeckt war, sobald ich aufstand. Mama war es schleierhaft, wie Marmeladenkleckse mitten unter dem Tisch landen konnten. Ich hätte wirklich ein sagenhaftes Talent, für Chaos zu sorgen. Papa hingegen war bereits der Toast suspekt. Toast war in seinen Augen »kulinarischer Abfall«. Doch Leander liebte Toast. Und wir mussten das Gleiche essen, denn nur dann konnte ich es unauffällig unter den Tisch schmuggeln, wenn meine Eltern dabeisaßen.

Meistens war ich schon nach dem Frühstück so erledigt, dass ich mich wieder hätte ins Bett legen können. Heute erst recht. Kein Wunder – Leander und seine blöden Entdeckungen hatten mich die halbe Nacht wach gehalten. Und beim Schrillen des Weckers war mir eingefallen, was ich ihn längst hätte fragen sollen.

»Wie funktioniert das eigentlich bei euch?«

»Waff?«, nuschelte Leander mit vollem Mund. Der halbe Toast fiel heraus.

»Schluck runter, bevor du sprichst!« Ich wischte mir ein paar feuchte Brotkrümel von den Wangen. Sein Benehmen bei Tisch war unterirdisch.

»Ich würde ja schlucken, wenn ich beim Essen nicht jeden Morgen verdursten müsste«, gab Leander grantig zurück. Er griff nach meiner Kaffeetasse und trank gierig. Das durfte er normalerweise erst nach dem Frühstück. Er musste seine Toasts trocken essen. Ich konnte ihm nicht auch noch ein Kännchen Kaffee unter dem Tisch servieren.

»Also, was meinst du?« Er kreuzte die Arme auf dem Tischtuch und bettete seinen Kopf darauf. Ich sah nur noch Haare und sein Stirnband. Doch so fiel es mir leichter, meine Frage zu stellen.

»Wie funktioniert das bei euch mit dem Fortpflanzen?« Wie bei uns Menschen konnte es wohl kaum aussehen. Wächter waren durchsichtig. Sie hatten keine Körper. Also konnte keiner etwas beim anderen reinstecken. Aber irgendwie mussten sie sich vermehren. Leander hatte Vater, Mutter und zwei Schwestern. Sie nannten sich zwar Truppe und nicht Familie, waren jedoch offensichtlich miteinander verwandt.

»Bei uns läuft das natürlich wesentlich disziplinierter und würdevoller ab als das, was ich heute Nacht gesehen habe«, dozierte Leander und gähnte ein weiteres Mal. Noch immer ruhte sein Gesicht auf seinen Armen, doch nun drehte er seinen Kopf zur Seite, sodass er mich ansehen konnte. Er grinste verschmitzt. »Wir suchen nach dem passenden Klangbild. Wenn zwei Klangbilder eine Harmonie ergeben – gut. Dann kann sich das Klangbild vom einen Wächter mit dem vom anderen vermischen. Und in der Regel ergeben nur männliche und weibliche Klangbilder eine stimmige Harmonie. Manchmal müssen sie sehr lange nach dem passenden Klangbild suchen. Wenn sie sich einander nähern und es wird schrill – nicht gut. Wenn es schön klingt: weitermachen.«

»Dann legen sich die Klangbilder übereinander – und es kommen neue dabei heraus?«

»Jepp«, bestätigte Leander stolz. »So ist es. Natürlich wird das nur dann gemacht, wenn definitiv neue Klangbilder gebraucht werden und die Zentrale ihr Okay gibt. Nicht so wie bei den Meerschweinchen. Die kriegen ja dauernd Babys. Außerdem müssen bei Sky Patrol gewisse Faktoren berücksichtigt werden.«

»Was für Faktoren denn?«

»Nun.« Leander hob den Kopf und lehnte sich zurück, bis der Stuhl knackte. »Zum Beispiel muss kontrolliert werden, ob durch die Paarung eine Aufwertung innerhalb der Truppe stattfinden kann. Vater und Mutter haben sich nur übereinandergelegt und gegenseitige Treue versprochen, weil sie vorher ihre Stammbäume geprüft haben. Es war damit zu rechnen, dass gute bis sehr gute Wächtereigenschaften aufeinandertreffen und sich beim Übereinanderlegen duplizieren.«

»Scheint in deinem Fall ja prächtig funktioniert zu haben«, kommentierte ich trocken. Leander war der erste Schutzengel, der in Streik getreten war und gleichzeitig mit dem Körperfluch belegt wurde. Wenn auch aus Versehen. Eine Karriere war das jedenfalls nicht, sondern viel eher ein Desaster.

»Ach, Luzie, du hast ja keine Ahnung«, nölte Leander. »Ich trage allerbestes Wächtererbmaterial in mir. Und – okay, gut. Von Onkel Gunnar wusste Mutter nichts. Vater hatte es ihr verschwiegen. Er ist halt ehrgeizig.«

Onkel Gunnar war der wunde Punkt in Leanders Familie. Er hatte zu gerne gemenschelt. Und anscheinend hatte sich das auf Leander übertragen.

»Fühlt ihr denn auch etwas dabei, wenn ihr euch übereinanderlegt?« Übereinanderlegen klang in meinen Ohren so harmlos, dass es mir nicht besonders schwerfiel, darüber zu sprechen.

»Wozu sollten wir denn etwas fühlen? Nee. Wir prüfen nur, ob es passt. Das ist alles. Es soll einen Nutzen haben und nicht Spaß machen. Ihr Menschen müsst ja bei allem immer Spaß haben. Hauptsache, Spaß! Und genau dann passieren die schlimmsten Dinge. Wenn ihr Spaß haben wollt. Oder wenn ihr krank werdet und euch verliebt.«

»Liebe ist keine Krankheit«, widersprach ich.

»Ist sie wohl!«, ereiferte sich Leander und sprang auf. »Du glaubst gar nicht, was Menschen anstellen, wenn sie sich verlieben! Da spielen sich Dramen ab!«

»Und warum lasst ihr die Menschen ausgerechnet dann allein, wenn sie sich zum ersten Mal richtig verlieben? Menschen verlieben sich, wenn sie erwachsen werden! Und in dem Moment verpisst ihr euch!«

Leander ließ sich zurück auf den Stuhl fallen und schwieg ertappt.

»Weil wir sowieso nichts dagegen unternehmen können«, flüsterte er schließlich und schniefte kurz. »Wir können gegen alles was machen. Na ja, fast alles. Aber dagegen nicht.«

Ich schüttelte den Kopf. »Ihr seid echt bescheuert. Liebe ist wichtig. Ohne Liebe kann niemand glücklich werden.«

»Jaaaa – Liebe zwischen Eltern und Kindern und Verwandten und Freunden und der ganze Kram. Okay. Das scheint euch gesund und stark zu machen. Sehe ich ein«, gab Leander zu. »Liebe zwischen Männern und Frauen und manchmal auch zwischen Männern und Männern und Frauen und Frauen … also Liebe, die dazu führt, dass ihr Bubu macht …«

»Bubu?«

Leander warf abwertend die Hände in die Luft. »Na, das von heute Nacht. Aaaah, oooh, uuuuh. Diese Art von Liebe ist meistens großer Mist. Es sei denn, die Menschen passen wirklich zusammen und bleiben zusammen. So wie deine Eltern. Aber ich will nicht wissen, was passiert, wenn die mal richtig Ärger miteinander kriegen.« Seine Miene verdunkelte sich. »*Dann* schmeißt deine Mama sich vor lauter Zorn auf deinen Papa drauf und das war's. Finito.« Er schnalzte missbilligend mit der Zunge. »Ihr solltet das alles mal ein bisschen sachlicher sehen. Bis zum idealen Alter warten, ein oder zwei Kinder machen und dann schnell aufhören, euch zu lieben. Aber das könnt ihr ja nicht. Wir sehen das bei den Prominenten. Nur Stress und Ärger! Dauernd heiraten sie und lassen sich teuer wieder scheiden! Und jedes Mal gibt's Geschrei und Tränen!« Jetzt hatte Leander sich in seinen Vortrag hineingesteigert. Unruhig tigerte er in der Küche auf und ab, während ich das Geschirr in die Spüle stellte. Wir mussten uns sputen, um die S-Bahn zu kriegen.

»Aber das ist doch gerade der Punkt«, wandte ich ein. »Man kann nicht entscheiden, damit aufzuhören! Das geht nicht!«

Doch Leander hörte mir nicht mehr zu, sondern faselte irgendetwas von Johnny Depps Exbeziehungen und dass der arme Johnny froh sein könne, eine Frau gefunden zu haben, die zu ihm stehe und sich nicht so verrückt benehme wie die anderen, die er vorher hatte.

Ich stellte ebenfalls auf Durchzug. Ich hatte nämlich absolut recht. Man konnte nicht entscheiden aufzuhören, verliebt zu sein. Sonst hätte ich das bei Seppo längst getan. Seppo hatte mich verraten. Das durfte ich ihm nicht verzeihen. Laut Serdan hatte Seppo das sogar getan, *weil* er in mich verknallt gewesen war. Oder war er es immer noch? Wenn ja, dann konnte er es gut verstecken. Abgesehen von seinen geschwollenen Entschuldigungsarien hatte er sich mir gegenüber verhalten wie immer. Und in den Ferien hatte ich ihn fast nie gesehen.

War ich denn immer noch richtig in Seppo verknallt? Oder nur halb? Selbst das wusste ich nicht. Seppo war für mich jedenfalls nicht wie Serdan oder Billy. Wenn ich an Seppo dachte, hatte ich ein anderes Gefühl. Als würde mir jemand mein Herz zusammendrücken. Nicht fest. Ein wenig. Es war nicht so schlimm, dass ich nachts nicht schlafen konnte oder mir die Augen ausheulte. Es war einfach nur da. Und es ging nicht weg.

So ähnlich wie Leander, der mir jetzt in mein Zimmer folgte, abwartete, bis ich meinen Rucksack aufgesetzt hatte, hinter mir die Treppen hinuntertapste, mit mir zur S-Bahn lief, sich in die Gepäckablage hievte, mir dabei zuhörte, wie ich mich in wenigen knappen Sätzen mit Serdan und Billy unterhielt, zufrieden in sich hineinlächelte, weil Seppo nicht zu uns stieß, und in jeder einzelnen Schulstunde an meinen Beinen lehnte und Schutzengel spielte.

Er war auch immer da. Ob ich es wollte oder nicht.

SURPRISE, SURPRISE

Ich konnte nicht verhindern, dass Sofie mir um den Hals fiel, mir links und rechts einen kleinen Kuss auf die Wange drückte und augenblicklich zu schnattern anfing, als sie mich sah. Ich hatte im Grunde nichts dagegen, von Sofie umarmt und geknutscht zu werden. Immerhin war sie meine einzige und damit automatisch auch beste Freundin – und sie akzeptierte es, dass ich die meisten Nachmittage mit meinen Jungs verbrachte, obwohl die fast durchweg ihr Luftblasengesicht aufsetzten und kaum etwas redeten. Bei Serdan war es ganz schlimm geworden. Er grunzte nur noch oder nickte oder schüttelte den Kopf. Eigentlich war es ganz angenehm, nach dem Dauerschweigen in der S-Bahn von jemandem wie Sofie mit Neuigkeiten überschüttet zu werden, auch wenn diese Neuigkeiten in meinen Augen furchtbar uninteressant waren.

Nervig fand ich nur, dass Leander feixend danebenstand, seine Zunge rausstreckte und tat, als würde er etwas ablecken, während Sofie mir Küsschen gab. Anscheinend fand er ihr Geküsse ungeheuer komisch. Das konnte er ja gerne tun – aber er wurde langsam verdammt unvorsichtig.

Nachdem Leander seinen Körper bekommen hatte, war er peinlich darauf bedacht gewesen, weiterhin so zu tun, als sei er ein ganz normaler Wächter, durchsichtig und allerhöchstes mit einer Gestaltvorstellung. Das Absurde an Sky Patrol war nämlich, dass viele Wächter sich klammheimlich einen Körper wünschten und ihn sich ausmalten, während sie transparent über uns Menschen schwebten. Sie selbst konnten diese Körperwunschvorstellungen aneinander sehen. Sogar ich hatte sie bei Leanders Familie sehen können, wenn auch bei keinem anderen Wächter. Das war vermutlich eine Art Rückkopplung des Fluchs.

Solange Leander sich also wie ein mustergültiger Wächter verhielt, konnten die Wächter meiner Klassenkameraden nicht erkennen, dass er einen menschlichen Körper besaß. Denn ein echter menschlicher Körper galt als absolute Schande und Leander musste damit rechnen, dass sie etwas mit seinem Körper anstellten, wenn sie ihn bemerkten. Was das genau sein sollte, wusste ich nicht, und ich zweifelte auch daran, dass Leander das wusste. Aber anfangs hatte er große Angst davor gehabt. Wächter gingen nicht gerade zimperlich miteinander um.

Doch nun wurde Leander forsch. Immer öfter schaute er sich während des Unterrichts neugierig um, anstatt die Augen niederzuschlagen, brummelte leise etwas in sich hinein, kommentierte flüsternd, was meine Lehrer da vorne verzapften, oder spielte mit seinem Stirntuch herum. An besonders guten Tagen half er mir auch im Französischunterricht, indem er mir wispernd vorsagte.

Er meinte, es hätte sich inzwischen bestimmt sowieso unter den Wächtern herumgesprochen, dass er nicht ganz normal sei (eine sehr treffende Formulierung, wie ich fand). Und dann könne er auch machen, was er wolle. Narrenfreiheit. Zumal ich ja gar keinen Wächteranspruch mehr hätte. Wieso also solle er so tun, als würde er mich bewachen? Er sei arbeitslos.

Außerdem würden es die Wächter meiner Klassenkameraden nicht immer so genau nehmen mit ihren Klienten. Wir seien ein pubertärer, frühreifer Haufen, hatte Leander auf dem Schulweg noch abschätzig behauptet. Allenfalls Sofies Wächter sei mit Elan bei der Sache und die beiden Wächter von unserem Klassenbesten Fabian und Vertrauensschülerin Alina. Die anderen würden den Unterricht schon ab und zu für kleinere Freiflüge nutzen und erst in den Pausen wieder auftauchen.

Tja, und ausgerechnet neben Sofie, deren Wächter noch Ehrgeiz hatte zu arbeiten, äffte Leander uns nach. Ich hätte ihm in den Hintern treten können. Ich hatte keine Lust auf Schutzengelärger oder gar darauf, dass Leanders Truppe zu Besuch kam. Das eine Mal hatte mir gereicht. Ich wusste zwar, dass die Wächter den Tod verabscheuten und somit keine Gefahr für uns Menschen darstellten – aber wohl war mir in ihrer Gegenwart nicht gewesen. Sie produzierten schauderhafte Töne – viel zu schrill und grell – und redeten über uns Menschen, als seien wir völlig armselige, missgebildete Kreaturen. Nein, es reichte wahrhaftig, dass Leander an mir klebte. Und er sollte sich gefälligst zusammenreißen und wenigstens so tun, als sei er noch ein ganz normaler Wächter. Ohne menschlichen Körper und Achselhaare.

Ich versuchte, Leander einen warnenden Blick zuzuwerfen, doch er hatte sich schon abgewandt und vor meinem Pult auf den Boden gesetzt – stets ein sicheres Zeichen dafür, dass Herr Rübsam auf dem Weg zu unserem Klassenzimmer war. Leander hatte sehr feine Ohren. Wahrscheinlich hörte er Herrn Rübsams Schritte – und das, obwohl Herr Rübsam wie jedes Jahr zwischen März und November seine braunen Gesundheitssandalen mit den durchgelatschten Sohlen trug. Herr Rübsam war nett, aber von Klamotten hatte er keine Ahnung. Leander meinte, man würde Augenkrebs bekommen, wenn man sich Herrn Rübsam genauer ansehe. Er solle sich dringend mal für die Sendung *Extrem schön!* bei RTL 2 bewerben, die Leander neuerdings montagabends mit Mama zu schauen pflegte. (Mama wusste das natürlich nicht, schwärmte aber davon, dass sie sich immer so entspannt und behütet fühle, wenn sie die Sendung anguckte – was sicherlich auch daran lag, dass dort viel getuscht und gekämmt und geschminkt wurde.)

Sein Lächeln machte Herrn Rübsam auch nicht schöner. Er hatte schiefe Zähne, denen man deutlich ansah, dass er fast alle Pausen im Raucherlehrerzimmer verbrachte. Trotzdem war er der einzige Lehrer, der es schaffte, uns eine oder manchmal auch zwei Stunden lang ruhig zu halten. Er schrie nie herum. Er redete immer leise und wir hörten ihm automatisch zu.

Es gab nur eine Sache an ihm auszusetzen – er hatte fürchterliche Angst vor meiner Mutter. Wenn meine Mutter ihm befohlen hätte, in einem Strandkleid und mit einem Topf auf dem Kopf durchs Schulhaus zu laufen, hätte er es getan. Nachdem Giuseppe meine Eltern darauf gebracht hatte, dass ich Parkour machte, hatte Mama sich bei Herrn Rübsam ausgeheult und ihn darum gebeten, »ein Auge auf mich zu werfen«. Und oh ja, das hatte er. Nicht nur eins, sondern gleich alle beide. Auch jetzt fielen seine Blicke als Erstes auf mich. Er musterte mich von oben bis unten, als wolle er checken, ob ich neue Verletzungen trug. Tat ich aber nicht. Von Sit-ups bekam man keine Verletzungen. Nur Bauchmuskelkater.

»Also gut«, sagte Herr Rübsam sanft und der Tumult in der Klasse legte sich. »Guten Morgen, Mädchen und Jungen.« Sofie verkniff sich ein Kichern und auch ich verdrehte die Augen. Mädchen und Jungen. Kein anderer Lehrer sagte das zu uns. Herr Rübsam kratzte sich kurz am Kopf und ein paar Schuppen rieselten auf sein kariertes Sakko.

»Uuuh«, machte Leander. Ich drückte ihm meine Sneakers in den Rücken, damit er seinen Mund hielt.

»Ich kann es ja kaum glauben, aber ich habe eure Tests immer und immer wieder durchgesehen und – na, was soll ich sagen. Ihr habt es tatsächlich geschafft und euren Klassendurchschnitt von 3,3 auf 2,9 gehoben. Gratulation.«

Ein paar Sekunden lang konnten wir es selbst nicht fassen und starrten Herrn Rübsam stumm an. Dann brach der Jubel los.

»Es gibt eine Überraschung«, rief Sofie aufgeregt. Sogar Serdan ließ sich zu einem knappen Lächeln herab. Herr Rübsam hob beschwichtigend die Hände.

»Nur ruhig. Ihr wisst ja noch gar nicht, was für eine Überraschung ich für euch ausgesucht habe. Vorab möchte ich sagen, dass ihr diese Überraschung vor allem einer Schülerin zu verdanken habt, deren Leistungen mich –« Herr Rübsam räusperte sich. Wir schauten zu Alina hinüber. Sie musste es gewesen sein. Sie hatte uns die Überraschung ermöglicht! Alina war die Beste von uns Mädchen. Aber Herr Rübsam schaute nicht zu Alina. Nein, er schaute mich an.

»Es geschehen wohl noch Zeichen und Wunder«, verkündete er und hielt seine Augen weiter auf mich gerichtet. »Unsere wilde Luzie hat eine erstklassige Französischarbeit abgeliefert und dazu freiwillig einen Deutschaufsatz geschrieben.«

Wie bitte? Einen Aufsatz? Ich hatte keinen Aufsatz geschrieben. Doch Herr Rübsam zog drei aneinandergeheftete, eng beschriebene DIN-A4-Blätter aus seiner schmuddeligen Aktentasche.

»*Mein Leben mit Johnny Depp.*« Er schmunzelte und hinter mir begannen ein paar Mädchen zu tuscheln. Mein Leben mit Johnny Depp!?

»Na ja«, fuhr Herr Rübsam erheitert fort. »Ich habe kein Thema vorgegeben und bei Aufsätzen dürft ihr eure Fantasie frei walten lassen – warum nicht über einen Filmstar schreiben? Offensichtlich hast du sehr genau recherchiert, Luzie.«

»Ich – ich ...«, stammelte ich verlegen. »Ich habe doch gar nicht ...«

Doch Herr Rübsam hatte schon die zweite Seite aufgeschlagen und begann vorzulesen.

»›Johnny Depp gehört zu den wenigen Männern, die ihre Körperpflege ein oder zwei Tage vernachlässigen können, ohne zu stinken. Vermutlich beruht diese Besonderheit darauf, dass er kaum Behaarung an Brust, Armen und Beinen aufweist. Er hat seine Haare dort, wo sie hingehören – auf dem Kopf. Wellig und weich und für sein Alter immer noch sehr füllig.‹«

Das Tuscheln hatte sich in ein lautstarkes Lachen verwandelt. Serdan stierte mich fassungslos an und Billy rutschte japsend vom Stuhl. Ehe Herr Rübsam weiterlesen konnte, stürmte ich in zwei geschmeidigen Sprüngen über die Bankreihen nach vorne – Elena konnte gerade noch ihren Kopf einziehen – und riss ihm die Blätter aus der Hand.

»Das ist nicht von mir!«, protestierte ich. Doch Leander hatte meine Handschrift so täuschend echt abgekupfert, dass in Herrn Rübsams Augen kein Zweifel an der Herkunft dieses Aufsatzes bestehen konnte. Er tätschelte mir nur väterlich den Kopf.

»Kleinmädchenträume, Luzie … Die sind doch erlaubt. Ich finde es großartig, dass du überhaupt einen Aufsatz geschrieben hast – einen grammatikalisch korrekten dazu, ohne einen einzigen Rechtschreibfehler! Unterhaltsam ist er ebenfalls.«

Wütend stapfte ich zu meinem Platz zurück, hob meinen Stuhl an und setzte ihn mit Schwung auf Leanders Hand ab. Er wand sich jaulend darunter hervor. Herrn Rübsams Überraschung war mir egal geworden. Die gesamte Klasse lachte über mich. Ich hätte im Boden versinken können. Um in zehn Jahren am anderen Ende der Welt wieder aufzutauchen.

»Ich wusste gar nicht, dass du auf Johnny Depp stehst«, hauchte Sofie mir ins Ohr. »Das ist ja süß. Er ist zwar schon ziemlich alt, aber …«

»Ich steh nicht auf Johnny Depp«, zischte ich. »Der Aufsatz ist nicht von mir. Da muss sich jemand einen Scherz erlaubt haben!«

Sofie blinkerte mich zweifelnd an. »Ist schon gut,

Luzie. Ich hab auch mal einen Brief an Robert Pattinson geschrieben.«

Ich hatte keine Ahnung, wer Robert Pattinson war, aber eines stand fest: Ich musste Leander in Zukunft besser kontrollieren. So konnte das nicht weitergehen.

»Jetzt beruhigt euch mal wieder.« Herr Rübsam klopfte sacht mit den Fingerknöcheln auf sein Pult. »Bedankt euch bei Luzie. Und lacht sie nicht aus! Wer weiß, vielleicht schreibt sie später einmal Romane und wird damit reich und berühmt. Wer weiß …«

Billy prustete laut. Serdan konnte gar nicht aufhören, mich anzustieren. Er war völlig perplex – zu Recht! Leander hingegen hockte mit geschwellter Brust auf dem Boden und sonnte sich in seinem Erfolg. Den ich ausbaden musste. Unverschämtheit. Mein Gesicht brannte vor Scham. Ich musste puterrot sein. Wahrscheinlich konnte man gar keinen Unterschied mehr zwischen meinen Haaren und meiner Haut sehen.

Ich schaffte es nicht, Herrn Rübsam weiter zuzuhören, weil ich mir ununterbrochen Racheszenarien ausmalte. Ich bekam nur mit, dass wir auf Klassenfahrt gehen durften, in irgendeine Jugendherberge in der Nähe von Bad Dürkheim. Normalerweise hätte ich mir ein Loch in den Bauch gefreut, denn wir waren noch nie auf Klassenfahrt gewesen. Das würde sozusagen der erste Urlaub meines Lebens werden. Denn die Urlaube auf dem Bauernhof aus Kindertagen zählten nicht. Doch dieser erste Schultag war so mies gelaufen – kein Seppo und gleich darauf eine Höllenblamage –, dass ich in der Pause klar Schiff machen wollte. Ich musste die Jungs dazu bewegen, ihren Eltern reinen Wein einzuschenken. Oder aber ich überredete sie, wieder heimlich Parkour zu betreiben. Hatten wir früher schließlich auch getan.

Doch sie schüttelten alle drei den Kopf, als ich sie darauf ansprach. Auch Seppo. Seppo hatte sich irgendwie verändert. Er trug neuerdings ein Piratentuch auf dem Kopf – fast als wolle er Leander nachmachen, aber den konnte er ja gar nicht sehen – und hatte sich über den Schläfen Muster in seine kurz geschorenen Haare rasiert. Ich wusste nicht, ob es mir gefiel oder nicht. Es sollte cool sein, aber irgendwie war es nicht cool. Oder war ich nur immer noch sauer auf ihn?

»Habt ihr wieder Angst, oder was?«, fragte ich angriffslustig.

»Quatsch«, sagte Seppo ruhig. »Das hat doch mit Angst nix zu tun. Es ist einfach nicht der richtige Zeitpunkt.«

»Aber warum denn nicht?« Ich stampfte wütend mit dem Fuß auf.

»Na, jetzt, vor der Klassenfahrt?«, fragte er.

»Was interessiert dich denn unsere Klassenfahrt?« Seppo ging in die Zehnte. Zwei Klassen über uns. Ihm konnte unser Landschulheimaufenthalt egal sein.

»Ich komme als Betreuer mit. Spart mir zwei langweilige Schultage. Und ich hab keinen Bock, dass die Fahrt abgesagt wird, weil wir vorher Ärger kriegen. Weißt doch, der Rübsam hat dich auf dem Kieker.«

Auf dem Kieker war noch untertrieben. Selbst jetzt, in der Pause, verzichtete er auf seine Zigarette und schlich mit einer Tasse Tee in den Händen um uns herum. Als würde er ahnen, dass die Jungs mit drinhingen. Und dass Seppo persönlich mir Parkour beigebracht hatte. Falls er kapiert hatte, was Parkour war. Nicht einmal meine Mutter hatte das richtig verstanden und sie war diejenige gewesen, die ihm tränenüberströmt davon erzählte, nachdem sie das Video entdeckt hatte. Trotzdem wusste er, dass es da etwas gab, was gefährlich war und ich auf keinen Fall tun sollte.

»Ich finde auch, wir sollten noch warten«, meldete Billy sich zu Wort. »Wenigstens bis nach der Klassenfahrt. Ey, Luzie, du hast uns die Fahrt erst ermöglicht, und wenn du sie uns jetzt versaust …«

»Ich versaue euch gar nichts!«, fiel ich ihm zornig ins Wort. »Ich hab euch den Hintern gerettet, indem ich nix verraten hab. Okay? Und ihr habt versprochen, dass wir es unseren Eltern sagen und …«

»… einen Heidenärger kriegen, ja«, führte Seppo meinen Gedanken gelassen zu Ende. »Also lass uns erst Spaß haben und dann Ärger kriegen. Besser als nur Ärger und gar keinen Spaß, oder? Und deine Mutter darf man auch nicht unterschätzen, Luzie.«

Ich schwieg entnervt. Verflucht, die Jungs lagen gar nicht so verkehrt. Mama brachte es fertig und verbot mir die Klassenfahrt, wenn ich ihr erzählte, was Sache gewesen war und dass Seppo mir das alles beigebracht hatte. Dann würde sie mich nicht zusammen mit den Jungs ins Landschulheim fahren lassen. Es sei denn, wir fanden einen Weg, in Sicherheit Parkour zu machen. Was sich zwar widersprach, aber …

»Wir brauchen einen Plan. Nach der Klassenfahrt müssen wir einen Plan schmieden. Es muss doch möglich sein, es unseren Eltern zu sagen und trotzdem weiterzumachen. Oder?« Ich blickte auffordemd in die Runde. Niemand erwiderte etwas. »Hast du das Reden verlernt, oder was?«, fuhr ich Serdan an. Er zuckte nur mit den Schultern.

Seppo legte mir die Hand auf den Arm und mein Magen drehte einen kleinen Salto.

»Wir überlegen uns etwas, einverstanden, Katz? Mach keinen Unsinn. Jag mir nicht ein zweites Mal so einen Schrecken ein wie vor den Ferien, ja?«

»Selbst schuld«, knurrte ich, ohne Seppo anzusehen. Er nahm seine Hand wieder weg, doch mein Arm prickelte immer noch. »Und ihr seid trotzdem Feiglinge.«

Ich schaute zu Leander hinüber, der selbstvergessen ein paar neue Breakdance-Moves einstudierte. Ob ich ihn vielleicht überreden konnte, mit mir Parkour zu machen? Nein, das war wohl aussichtslos. Dazu war er zu sehr Sky Patrol, obwohl er sicher einen fantastischen Traceur abgegeben hätte. Den besten der ganzen Stadt. Denn er konnte fliegen. Und niemand sah es. Ich seufzte schwer.

»Fährt denn noch jemand aus der 10 als Betreuer mit?«, hakte Billy bei Seppo nach. Warum eigentlich konnte ich mich nicht einmal darüber freuen – dass Seppo mitfahren würde? Was war nur mit mir los?

»Ja, Kelly. Die Austauschschülerin aus den USA.«

Kelly? Aus den USA? Etwa dieses schlanke, blonde Mädchen mit den ellenlangen Beinen, die vorhin laut lachend mit Seppo aus der Cafeteria gekommen war? Sie hatte Stiefel mit hohen Absätzen getragen und überragte Seppo um mindestens einen halben Kopf. Leander stoppte seinen Move und blickte aufmerksam zu uns herüber.

»Nicht schlecht«, grinste Billy anerkennend und spuckte auf den Boden. Also war sie es. Seppo und die neue Schul-Beautyqueen als Betreuerteam bei unserer Klassenfreizeit. Mein Tag hatte seinen absoluten Tiefpunkt erreicht.

»Na, dann macht euch noch ein bisschen in die Hosen«, sagte ich zu den Jungs und drehte mich von ihnen weg, um die andere Ecke des Hofs anzusteuern. Auf einmal wollte ich bei Sofie sein und nichts mehr hören von Parkour und Klassenfahrtbetreuern und neuen amerikanischen Superblondinen. Ich, Luzie Morgenroth, wollte lieber bei einem Mädchen stehen als in der Breakdance-Ecke bei meinen Jungs. Mir lieber Vampirgeschichten anhören und erklären, warum ich einen Aufsatz über Johnny Depp schrieb, als ein Luftblasengesicht aufzusetzen und Breakdance zu machen.

Wenn das zum Erwachsenwerden gehörte, wollte ich auf der Stelle wieder ein Kind sein.

REISEFIEBER

»Lass so etwas in Zukunft gefälligst bleiben!«, wies ich Leander zurecht, nachdem wir auf dem Nachhauseweg in eine der ruhigeren Gassen gelangt waren und unbehelligt miteinander sprechen konnten. Schon seit Wochen liefen wir diese Umwege, denn es gab fast immer irgendetwas, das wir zu bereden hatten. Meistens weil Leander wieder Bockmist gebaut hatte. Wie heute Vormittag. »Aufsätze schreiben – wie kommst du auf so eine bescheuerte Idee?«

Leander grinste selbstgefällig. »Gar nicht bescheuert. Herrn Rübsam hat mein Aufsatz gefallen. Und vielleicht motiviert er ihn dazu, etwas mehr auf seine Körperpflege zu achten. Ist dir aufgefallen, dass er müffelt?« Leander zog seine sonnengebräunte Nase kraus.

»Mir ist egal, wie Herr Rübsam riecht! Du hast mich blamiert, vor der ganzen Klasse!«

»Wieso denn blamiert? Die haben gelacht, Lachen ist Freude, also –«

»Es gibt verschiedene Arten von Lachen!« Ich blieb einen Moment stehen, um mich zu beruhigen. Mir war danach, mit Leander rumzubrüllen, und es würde für die Omis, die in dieser Gasse lebten, sehr merkwürdig aussehen, wenn ein Mädchen ganz alleine in der Gegend herumbrüllte. Wenn ein Mädchen vor sich hin redete, ging das gerade noch als jugendlicher Irrsinn durch. Aber Brüllen war zu viel des Guten. »So einfach ist das nicht mit den menschlichen Gefühlen, Leander, und das weißt du ganz genau. Stell dich nicht dumm!«

Leander setzte sein Grinsen nicht ab, aber es wurde eine Spur schuldbewusst. Wenn Leander eines verstanden hatte, dann war es das Prinzip der Schadenfreude. Eine meiner Meinung nach ganz und gar unehrenhafte Gefühlsregung für einen Wächter, denn Sky Patrol war schließlich dafür da, Schaden zu vermeiden, und nicht dafür, sich daran zu ergötzen. Doch Leander ergötzte sich liebend gerne am Schaden anderer. Vor allem an meinem.

»Ist ja gut, Luzie. Alors – sie haben dich ein bisschen ausgelacht. Na und? Weil sie denken, dass du Johnny toll findest? Ist doch gut. Man kann ihn ja auch toll finden. Außerdem gehen wir nun auf Klassenfahrt. Surprise, surprise!«

Ich blieb erneut stehen und holte tief Luft. »Nein, Leander. Nicht *wir* gehen auf Klassenfahrt. *Ich* gehe auf Klassenfahrt. Du bleibst zu Hause.«

Leander drehte sich zu mir um. Trotzig verschränkte er die nackten Arme vor der Brust. Seine unzähligen Ketten klirrten, als seine Handgelenke sie streiften. »Nee,

nee, Luzie. Diese Klassenfahrt findet nur wegen meines Aufsatzes statt. Ich hab euch das alles erst ermöglicht. Also hab ich auch das Recht mitzufahren.«

»Du hast gar kein Recht!«, rief ich erbost. »Du bist ein blöder, unsichtbarer Geist! Niemand sieht dich außer mir! Du kannst zwanzig Aufsätze über Johnny Depps Körperbehaarung schreiben und es sieht dich immer noch niemand!«

Leander wurde blass. »Du kannst mir nicht verbieten, auf Klassenfahrt zu gehen.«

»Leander, bitte!« Jetzt klang ich verzweifelt. »Wie soll das denn funktionieren? Da sind immer andere Wächter und andere Menschen um uns herum! Das ist nicht so wie zu Hause, wo meine Eltern den ganzen Tag im Keller sind und uns nicht hören können. Es ist kein Platz für dich – die können dich doch spüren. Das wird nicht funktionieren. Verstehst du das denn nicht? Ich will auch mal Spaß haben! Ohne dich!«

Leander ließ sich auf den Bordstein sinken. Mit gerecktem Kinn blickte er an mir vorbei. »Wenn du denkst, ich lasse dich allein, Luzie …«

»Oh, jetzt tu doch nicht wie ein Heiliger!« Ich senkte mühsam meine Stimme. »Du hast mich schon öfter allein gelassen. Dauernd eigentlich. Da war es dir auch egal. Außerdem hab ich keinen Sky-Patrol-Anspruch mehr. Du musst nicht bei mir sein. Du kannst in meinem Bett schlafen, mit Mama fernsehen, am Computer surfen …« Ich stockte. Und was würde er essen? Wie würde er duschen? Würde er es schaffen, heimlich aufs Klo zu gehen, ohne dass es auffiel? Das war ohnehin schwierig genug. Wenn Mama und Papa in der Wohnung waren, musste Leander sich seine Toilettengänge verkneifen oder aber ich hielt Wache – mit der Abmachung, dass ich im Notfall zu ihm ins Bad stürzen würde oder er sich hinter dem Badewannenvorhang versteckte. Was er einmal hatte tun müssen, als Mama ein dringendes Bedürfnis geplagt hatte. Leander hatte anschließend sieben Stunden lang kein Wort mehr gesprochen. Für seine Verhältnisse eine Sensation. Doch ihn für fünf Tage und drei Nächte alleine mit meinen Eltern in der Wohnung lassen? Unvorstellbar. Irgendeine Katastrophe würde passieren.

»Tja – merkst du was, Luzie?«, fragte Leander gedämpft. »Es wird schwierig.«

»Dann schwirr halt in der Luft herum, bis ich wieder zurück bin. Das kannst du doch noch, oder?«

»Nicht fünf Tage lang. Das schaffe ich nicht. Außerdem holen sie mich vielleicht zurück, wenn sie mich tagelang durch die Gegend fliegen sehen.« Sie – das war seine Truppe. Oder gar die Zentrale, die versucht hatte, seinen Körper zu entfernen. Und sosehr ich mir auch wünschte, allein auf Klassenfahrt zu gehen, ohne Leander am Rockzipfel: dass sie wieder Versuche mit ihm machten oder ihm einen neuen Klienten zuwiesen, ihn vielleicht sogar bestraften, wollte ich auch nicht provozieren. Ich setzte mich im Schneidersitz auf die andere Seite der Gasse und lehnte mich gegen die Wand. Leander hatte seine Lider gesenkt und spielte mit den zerschlissenen Schnürsenkeln seiner Boots herum.

»Ich hab mir das immer gewünscht, Luzic. Auf Klassenfahrt gehen. Das ist für uns Wächter in der Ausbildung das Größte, glaub mir.«

»Warum denn das?«, erwiderte ich perplex.

»Na, weil wir dann zusammen nachts Freiflüge machen können. Ist für uns quasi auch eine Art Klassenfahrt. Sonst düsen wir immer allein durch die Gegend und müssen während der Flüge Menschen beobachten und wichtige Dinge lernen. Aber bei einer Klassenfahrt ist alles ein bisschen anders … lockerer …«

Ich schwieg eine Weile. Hatte ich das richtig verstanden – Klassenfahrten waren für die jungen Wächter eine Art riesiger Spaß? Konnten sie überhaupt Spaß haben?

»Außerdem …«, fuhr Leander leise fort. »Außerdem hat man als Wächter auf einer Klassenfahrt die Gelegenheit, viele junge Menschen dabei zu begutachten, wie sie miteinander umgehen und dumme Sachen anstellen und ein bisschen erwachsen werden. Das ist hochinteressant für uns. Und ganz nebenbei …« Er murmelte etwas in sich hinein, was ich nicht genau verstand. Ich hörte nur die Worte »Affe« und »ausliefern«. Vermutlich ging es um Seppo. Aber ich wollte jetzt nicht an Seppo denken.

»Du bist doch gar kein Wächter mehr, Leander«, sagte ich stattdessen und bemühte mich, vernünftig zu klingen. Überzeugend. Erwachsen. Es gelang mir ganz ordentlich. »Du musst nix mehr lernen.«

Leander sah auf. Sein grünes Auge hatte sich verdunkelt. Nur das blaue schillerte hell wie eh und je. Doch er sah traurig aus. Ob er sich auch traurig fühlte?

»Was bin ich denn dann? Was bin ich eigentlich, Luzie?«

Ich fand keine Antwort. Er war weder mein Schutzengel noch der von jemand anderem. Er war arbeitslos auf Ewigkeit. Denn zurück wollte er nicht mehr. So viel stand fest. Aber ein Mensch würde er auch niemals werden, und wenn ihm noch so viele Haare sprossen und Bauchmuskeln wuchsen. Niemand konnte ihn sehen und hören. Ratlos hob ich die Schultern und wich Leanders fragendem Blick aus.

»Dann gibt es nur eine Möglichkeit«, beschloss ich nach einigen stillen Sekunden bitter. »Ich bleibe zu Hause und tu so, als wäre ich krank. Ich fahre nicht mit.« Und lasse Kelly auf Seppo los. Klasse. Ich spürte Leanders Augen auf mir ruhen. Konnte er nicht endlich mal wegsehen? Mein Gesicht wurde ganz heiß davon.

»Hey, chérie. Sei kein Frosch. Wir fahren zusammen. Nicht krank spielen. Ich geb mir Mühe, okay? Ich will nur dabei sein. Ganz unauffällig. Das wird schon klappen. Tagsüber kann ich ja abhauen. Und deine Klasse hat wirklich nicht mehr viele Wächter. Es haben heute welche gefehlt. Wieder einmal.«

Normalerweise hätte mich diese Information brennend interessiert. Doch mein Kopf war bereits damit beschäftigt, sich zu überlegen, wie wir das anstellen sollten. Leander und ich auf Klassenfahrt. Es würde eine einzige Stresspartie werden. Leander stand auf, schlurfte zu mir herüber und hielt mir seine Hand hin.

»Ist kalt da unten auf dem dreckigen Boden, Luzie.« Ich nahm die Hand nicht, sondern sprang alleine auf meine Füße. Noch immer vermied ich es, ihn anzusehen.

»Dann probieren wir es eben«, willigte ich widerstrebend ein. »Du darfst mit.« Lieber Leander an der Backe als der Gedanke, dass ich nichts dagegen tun kann, wenn Kelly sich an Seppo heranmachte. Leander fasste mich vor Freude um die Hüfte und warf mich in die Luft, um mich gleich darauf sicher wieder aufzufangen. Es fühlte sich an wie Fliegen. Trotzdem machte ich mich sofort von ihm los.

»Wir gehen auf Klassenfahrt, auf Klassenfahrt, auf Klassenfahrt!«, jubelte Leander und lief beschwingt voraus. »Ob ihr abends singen werdet? Was meinst du, Luzie, werden wir singen?«

»Ich fürchte, ja.« Wenn Herr Rübsam schon am Wandertag und bei der Zeugnisausgabe und vor Weihnachten seine alte, abgenutzte Gitarre auspackte, dann würde sie bei der Klassenfahrt wohl kaum fehlen. Herr Rübsam sang mindestens so gerne wie Leander. Und sie teilten eine Begeisterung für Songs, die kein Mensch kannte. Allerdings hörte ich Leander lieber beim Singen zu als Herrn Rübsam.

Bis zu unserem Haus – Leander hatte nun blendende Laune, während meine immer finsterer wurde – trällerte er pausenlos vor sich hin. Meistens lautete der Text: »Ich weiß etwas, was du nicht weißt …« Also ging es um Neuigkeiten aus der Sky-Patrol-Branche. Ich beherrschte mich bis zu den Hausaufgaben, dann platzte mir der Kragen.

»Nun sag es endlich!«

Leander rückte sein Stirntuch zurecht und setzte sich neben mich auf den Schreibtisch. Oh, er wusste genau, dass ich es nicht mochte, wenn er mir bei den Schulaufgaben über die Schulter sah und zu allem und jedem seinen Kommentar abgab. Trotzdem tat er es immer wieder.

»Serdan«, raunte er bedeutungsvoll und korrigierte mit der linken Hand eine falsch ausgerechnete Formel.

»Was ist mit Serdan?«

»Kein Anrecht mehr. Erloschen.« Leander faltete betont feierlich die Hände und verdrehte kurz die Augen. Er war also nicht der Meinung, dass dieser Schritt richtig gewesen war. Doch ich hatte es schon geahnt. Serdan wuchs in letzter Zeit unglaublich schnell, redete gar nichts mehr und gab sich kaum mehr mit mir ab. Wahrscheinlich war ich ihm zu kindisch geworden.

Und mit meinem Aufsatz hatte ich das Wenige verdorben, was noch übrig geblieben war. Mich ließ das nicht kalt, denn vor den Ferien hatten Serdan und ich uns so gut miteinander unterhalten, wie ich mich noch nie mit einem Jungen unterhalten hatte. Unten, am Rhein. Ich musste oft daran denken. Und nun sagte er nicht einmal mehr Hallo zu mir. Er nickte lediglich, wenn wir uns begegneten.

Dabei waren wir jetzt auf einer Stufe. Wir hatten beide kein Sky Patrol mehr. Seppos Anrecht war ebenfalls erloschen – seit Längerem schon. Nur Billy blieb übrig.

»Warum hat Vitus mich allein gelassen?«, brach es plötzlich aus mir heraus. Ich trug diese Frage seit dem Tag am Abbruchhaus mit mir herum. Vitus war ein guter Wächter gewesen. Ein Spürer – einer der besten, wie Leander behauptete. Aber er war gegangen. Gut, mein Instinkt hatte mich davon abgehalten, aus dem Fenster zu hechten und mir den Hals zu brechen. Ich hatte rechtzeitig gesehen, dass der Balkon nicht mehr da war, auf dem ich hatte balancieren wollen. Insofern hatte Vitus recht gehabt. Ich konnte auf mich selbst aufpassen. Trotzdem fühlte ich mich manchmal ganz und gar nicht erwachsen.

»Das fragst du noch, Luzie?« Leander knuffte mich belustigt in die Seite. »Du hast ihn verarscht, den guten Vitus, und einen auf großes Mädchen gemacht. Hast dich von Seppo befummeln lassen und …«

»Ich hab mich nicht befummeln lassen!«, widersprach ich und versuchte, ihn vom Schreibtisch zu schieben. Erfolglos. »Und woher weißt du das überhaupt?«

»Also echt. Liebchen. Ich kann unsichtbar am Himmel schweben und habe sehr gute Augen. Schon vergessen? Hübsches Meerjungfrauenkostüm übrigens. Ich wäre dir beim Tanzen nicht auf deine Schwanzflosse getreten wie dein haariger Affe.«

»Du hast mich beobachtet?«

»Nur ab und zu«, gab Leander leutselig zu. »Während meiner Freiflüge. Und den Fastnachtsball wollte ich mir nicht entgehen lassen. Was ist eigentlich *Twilight*? Wer sind Bella und Edward?«

Ich wandte mich schnaufend ab und versuchte, mich wieder in die Mathehausaufgaben zu vertiefen. Doch Leander schien unser Thema zu gefallen.

»Vielleicht hat Vitus auch gemerkt, dass ich für dich zuständig sein sollte. Wollte. Müsste. Und ist deshalb gegangen. Hat mir den Vortritt gelassen. Vielleicht.«

Ich fuhr erschrocken hoch. Doch Leander war es ernst. Das war kein Scherz gewesen.

»Aber was ist denn dann mit mir? Brauche ich nun einen Wächter oder nicht? Passt jemand auf mich auf? Oder lasst ihr mich alleine? Ich versteh das alles nicht!«

Leander sah mich lange prüfend an. Diesmal blickte ich nicht weg. Er sollte mir gefälligst die Wahrheit sagen – eine Wahrheit, mit der ich leben konnte. Auf keinen Fall wollte ich, dass der Meister der Zeit wieder seine kalten Hände nach mir ausstrecken konnte wie bei dem Brand im Keller. Noch immer hatte ich den Geruch des Flusswassers in der Nase, wenn ich mich daran erinnerte oder nachts davon träumte. Ohne Leander und Vitus wäre ich dort unten erbärmlich gestorben.

»Was willst du denn, Luzie?«

»Ich will nicht alles allein machen und entscheiden und durchstehen müssen! Ich will nicht allein sein! Ihr geht im falschen Moment von den Menschen weg!«, sprach ich das aus, was ich in diesem Augenblick dachte, und bereute es im gleichen Moment. Denn vor ein paar Stunden hatte ich exakt das Gegenteil behauptet. Aber es war zu spät.

Leander lächelte kurz, bevor er wieder so ernst wurde wie zuvor.

»Das bist du nicht, chérie. Du bist nicht allein. Ich bin bei dir. Und ich bleibe bei dir. Wo soll ich denn sonst hin?«

Ich sagte nichts mehr. Und konnte mich den ganzen Abend lang nicht entscheiden, ob Leanders Worte nun eine Drohung oder ein Versprechen gewesen waren.

KOSMISCHER DIEBSTAHL

Eine halbe Woche später war mir endgültig klar geworden, dass die Jungs mit der Warnung, mit meiner Mutter sei nicht zu spaßen, einen goldenen Riecher gehabt hatten. Dabei wusste Mama nicht einmal, dass wir jahrelang zusammen Parkour gemacht hatten. Sie kannte nach wie vor nur die alte Version: Ihre Tochter Luzie war alleine über Dächer geklettert, würde es aber nie wieder tun. Doch die Nachricht mit der Klassenfahrt reichte völlig aus, um sie in ein überbesorgtes Muttertier zu verwandeln. Sie benahm sich, als hätte ich verkündet, auf Weltreise zu gehen.

Ich kam mir vor wie ein zerbrechliches Ei, auf das sie sich den ganzen Tag mit ihrem riesigen Gluckenhintern draufsetzen wollte, damit es ja nicht davonrollt. Ich bekam keine Luft mehr! Sofie war ebenfalls außer Rand und Band. Ihre Schwärmerei für Kemal hatte sie sich zwar abgeschminkt – zu alt, meinte sie. In Wirklichkeit hatte Kemal vermutlich gar nicht erst bemerkt, dass eine Sofie aus der Siebten in ihn verschossen war, und so wurde es für sie mühsam, in ihn verliebt zu sein. Aber sie war überzeugt, dass eine Klassenfahrt die beste Gelegenheit überhaupt war, andere Jungs kennenzulernen. Näher (!) kennenzulernen. Vielleicht würden die Jungs uns nachts sogar im Zimmer besuchen kommen, wenn Herr Rübsam und Frau Dangel schliefen (und Seppo und Kelly rumturtelten?).

Ich war nicht erpicht auf nächtliche Besuche in meinem Zimmer. Im Gegensatz zu Sofie wusste ich allzu gut, was das bedeutete. Ich hatte ununterbrochen einen Jungen – nun ja, zumindest so eine Art Junge – in meinem Zimmer. Und in erster Linie nervte es. Das Thema Zimmerbelegung verdrängte ich sowieso unentwegt. Am besten würde es sein, beschloss ich vage, ein Einzelzimmer zu nehmen. Alles andere würde nur Ärger bringen. Aber wie sollte ich das Sofie erklären?

Mama fand die Vorstellung, ich würde mit mehreren Mädchen ein Zimmer teilen – denn davon ging sie aus –, trotz ihrer Überbesorgnis »reizend«. Wahrscheinlich machte sie sich Hoffnungen, dass ich dadurch anfangen würde, mich zu schminken oder stundenlang an meinen Haaren rumzukämmen. Dabei war das einzig Mädchenhafte, was ich zwangsweise beibehalten hatte, die Angewohnheit, meine Beine zu rasieren – aber nur deshalb, weil sie nach dem ersten Rasieren (das beinahe in einem Blutbad geendet hatte) zu stoppeln anfingen und ich gezwungen war weiterzumachen. Und es war nicht leicht, Momente zu finden, in denen ich mich ungestört im Bad aufhalten konnte, ohne dass Leander um mich herumschwirrte, mich neugierig beobachtete oder in meinem Zimmer dummes Zeug anstellte.

Heute zum Beispiel hatte ich nach der Schule in meinem Rucksack Herrn Rübsams *Mundorgel* gefunden, ein kleines, zerfleddertes Liederbuch, in dem er all die Songs fand, mit denen er uns vor Weihnachten und der Zeugnisausgabe und auf Schulausflügen quälte. Er wurde dabei nicht müde, davon zu schwärmen, dass er diese Lieder selbst als Junge gesungen hatte, wenn in der Schule »etwas Besonderes« war. Zum Beispiel religiöse Wochenenden, an denen er alljährlich teilgenommen hatte. Ich wunderte mich, dass er die Lieder nicht besser singen konnte, wenn er sie doch in- und auswendig kannte. Was Leander nun mit der *Mundorgel* von Herrn Rübsam wollte, war mir ein Rätsel. Falls Leander vermeiden wollte, dass Herr Rübsam auf der Klassenfahrt daraus sang, hatte er sich geschnitten. Herr Rübsam kannte die Lieder so oder so. Er würde sie uns auch ohne das kleine rote Heftchen aufzwingen. Da ich aber keine Lust auf eine weitere ergebnislose Diskussion hatte, nahm ich mir vor, Herrn Rübsam das Büchlein am nächsten Tag wieder in seine Tasche zu schmuggeln. Wenn Leander das mit einem Aufsatz gelungen war, sollte es auch für mich keine unlösbare Aufgabe sein.

Den halben Nachmittag verbrachte Leander damit, meinen Computer zu blockieren, auf YouTube irgendwelche uralten Songs zu suchen und anzuhören (dankenswerterweise mit dem Kopfhörer) und sie unter meinen Favoriten abzuspeichern. Als Mogwai unruhig wurde, schickte ich die beiden raus. Das führte zwar wieder dazu, dass Mama mir Vorhaltungen machte, ich könne nicht einmal auf meinen Hund aufpassen, aber ich hatte mein Zimmer – nein, die ganze Wohnung, inklusive Bad – endlich für mich alleine. Und wenn auch nur eine halbe Stunde.

Doch Leander blieb ungewöhnlich lange weg. Samt Hund. Allmählich begann sogar ich, mir Sorgen zu machen. Denn meine Eltern waren bereits beide oben in der Wohnung und draußen brach die Dämmerung herein. Normalerweise flog Leander in einem unbemerkten Moment mit Mogwai unter dem Arm aufs Dach, lief zu meinem Fenster und wartete darauf, dass ich es öffnete – falls es nicht wie meistens schon offen war.

Doch wie sollte ich meinen Eltern erklären, dass Mogwai plötzlich wieder in meinem Zimmer war, wenn Leander dieses Ritual jetzt auch praktizierte? Mama war schon drauf und dran, die Polizei zu verständigen, als die Türklingel schrillte. In einer glücklichen Eingebung rannte ich durch den Flur und öffnete. Mogwai saß mit gelangweilter Miene auf dem Fußabstreifer und wedelte halbherzig mit seinem Kringelschwänzchen, hinter ihm tauchte Leander auf, der schnell wie der Wind an mir vorbeisauste, um in meinem Zimmer zu verschwinden. Er hatte sich irgendetwas unter den Arm geklemmt, doch er war zu flink gewesen, als dass ich es hätte erkennen können. Was zum Henker …

»Da ist er ja!«, rief Mama erstaunt. Sie war mir nachgekommen und starrte über meine Schulter auf den Hund. Mogwai gähnte ausgiebig, bevor er zu seinem Wassernapf trottete und lautstark zu schlabbern begann.

»Ja. Er saß vor der Tür«, erklärte ich überflüssigerweise.

»Aber wer hat denn dann geklingelt? Ein Hund kann doch nicht klingeln.«

»Keine Ahnung«, log ich. »Vielleicht hat jemand von den Lombardis ihn gebracht und hatte keine Zeit, Hallo zu sagen?«

»Hmmm«, brummelte Mama. »Die könnten auch ein bisschen höflicher sein, diese Lombardis … Bis auf Seppo. Seppo ist ein guter Junge.« Ich biss mir auf die Lippen, um Mama nicht zu widersprechen. Wir konnten alle weder ohne noch mit den Lombardis. Wir brauchten sie, um ab und zu eine vernünftige Mahlzeit zu bekommen und standesgemäß Silvester feiern zu können. Aber Mama Lombardi war überzeugt, dass Papas Leichenwagen ihr das Geschäft verdarb, und meine Mutter bezeichnete den Knoblauchgeruch, der ab und zu in Schwaden zu uns herüberwehte, als eine »Zumutung«.

Doch sie kam nicht dazu, weiter über die Lombardis zu schimpfen. Ein Geräusch lenkte uns ab. Es kam aus meinem Zimmer und hörte sich an wie ein – ein Gitarrenakkord? Aufmerksam spitzte Mama die Ohren.

»Was war das?«

»Ich – äh – ich hab da was aus dem Internet heruntergeladen und jetzt ist es wohl fertig. Moment … bin gleich wieder da …«

Ich hastete in mein Zimmer, knallte die Tür zu und stürzte mich im gleichen Moment auf Leander, der mit einer Gitarre zwischen den Knien auf dem Bett saß. Vor ihm lag Herrn Rübsams *Mundorgel.*

»Hat es dir ins Hirn geregnet?«, zischelte ich und wollte ihm schon die Gitarre aus der Hand reißen, als mir die Bänder auffielen, die an ihrem Hals hingen. In Regenbogenfarben. Vom Bauch der Gitarre leuchtete mir zudem ein dickes Yin-Yang-Zeichen entgegen, das in grellroter Farbe und sehr stümperhaft auf das Holz gemalt worden war. Es gab nur einen Menschen in Ludwigshafen, der eine solche Gitarre besaß. Oma Anni.

Leander drückte sie besitzergreifend an sich.

»Meine«, sagte er knapp.

»Nicht deine! Das ist die von Oma!«, flüsterte ich, denn Mama stand mit Sicherheit an der Tür und lauerte. »Du hast Oma beklaut!«

»Hab ich nicht. Ich hab sie mir nur ausgeliehen.«

»Aber Anni weiß das doch nicht! Sie – oh Mann, Leander!« Wieder versuchte ich, ihm die Gitarre zu entziehen, aber er hielt sie so fest, dass meine Hände abrutschten.

»Finger weg, Luzie. Sie hat sie mir freiwillig überlassen. Sie hat sogar mit mir gesprochen.« Leander grinste breit. »Sie hat die Gitarre den kosmischen Kräften geschenkt. Damit Amerika endlich wieder von den Ureinwohnern zurückerobert wird und all die weißen, dicken Menschen verschwinden.«

Ja, das passte allerdings zu Anni. Sie hatte einen mittelschweren Dachschaden. Und sie opferte den kosmischen Energien gerne allerlei seltsame Dinge. Meistens waren es jedoch verderbliche Opfergaben. Wurststücke und Tortenreste.

»Aber – wie konnte sie dich denn hören? Habt ihr etwa miteinander gesprochen?«, wisperte ich.

»Na jaaaa – was heißt gesprochen. Ich hab sie ein wenig umweht.«

»Umweht!?«

»Oh Luzie. Geh nicht gleich wieder in die Luft. Ich bin um sie herumgeflattert und sie hat es gemerkt und dann hab ich die Saiten der Gitarre schwingen lassen und – nun, deine Oma Anni ist alt. Und ihr Geist ist offen. Sie nahm die Gitarre, legte sie auf den Balkon, machte einen seltsamen Tanz mit bunten Tüchern und war total glücklich. Aber noch glücklicher war sie, als die Gitarre plötzlich weg war. Sie hat gejauchzt!«

Und danach war eine Gitarre durch die Luft gesegelt. Vom Oggersheimer Seniorenstift bis in den Hemshof. Denn eine Gitarre konnte Leander nicht unter seine Weste schieben, wie er es mit anderen Dingen zu tun pflegte, die er sich »lieh«. Zum Beispiel Liederbüchern oder gefälschten Aufsätzen.

»Okay. Dann gib mir die Gitarre und ich bring sie wieder zurück. Sofort!«

»Nein!« Wir begannen miteinander zu rangeln und ich hatte es fast geschafft, die Gitarre aus Leanders eisenhartem Griff zu befreien, als er abrupt losließ und ich hintenüber vom Bett kippte.

»Du jemine, Luzie, was machst du da nur wieder?« Ein riesiger Schatten fiel auf mich. Mama.

»Aua«, jammerte ich matt. Meine Wirbelsäule schmerzte und die Gitarre war beim Aufprall mit einem lauten Klong gegen meine Stirn geschlagen. »Alles in Ordnung. Ich bin nur gestolpert.«

»Aber das ist ja – das ist ja Annis Gitarre. Wieso hast du denn Annis Gitarre?«

Oh verdammt. Mein Leben war so anstrengend, seitdem Leander bei mir war. Früher war Lügen eine Art Sport für mich gewesen. Es hatte mir Spaß gemacht, jetzt war es eine Notwendigkeit und machte gar keinen Spaß mehr.

»Weil wir auf der Klassenfahrt Lieder singen werden und Herr Rübsam mich gefragt hat, ob ich dafür ein paar … Akkorde einstudiere. Anni hat mir die Gitarre geliehen.«

»Du warst bei Anni im Seniorenstift? Ohne mir davon zu erzählen?«

»Ja.« Ich richtete mich seufzend auf und befühlte die kleine Beule an meiner Stirn. Halb so wild. Aber mein Rücken tat immer noch weh. »Nach der Schule. Wir hatten eine Stunde früher Schluss.«

»Hm.« Mama blieb misstrauisch. Ich konnte es ihr nicht verübeln. Ich war furchtbar unmusikalisch. Und das war stets mein Argument gewesen, mich dem Ballett zu verweigern. Ich hatte zwar Rhythmusgefühl, was sogar Serdan zugegeben hatte, als er noch geredet hatte – und Serdan war ein verdammt guter Breakdancer, fast so gut wie Leander –, aber ich konnte weder singen noch ein Instrument spielen. »Ich hab gedacht, dass … na ja. Dass die Jungs das vielleicht gut finden«, setzte ich verlegen hinterher und schlug die Augen nieder. Leander ließ sich höhnisch prustend auf den Boden fallen.

»Ach, meine kleine große Luzie.« Ehe ich fliehen konnte, hatte Mama ihre Arme um mich gewickelt. Meine Nase versank in dem rosafarbenen Samt ihres Schals und ich musste husten, weil ihr Parfüm in meinem Hals kratzte. Süßes Parfüm. Viel zu süß. Sie ließ los, bevor mir schwarz vor Augen werden konnte. Zutiefst gerührt schaute sie mich an. »Du studierst für Serdan ein Lied ein? Wie rührend. Wie zauberhaft!«

Ach, verflixt. Mama dachte ja immer noch, ich hätte mich in Serdan verknallt. Ich nickte stumm. Ein Lied für Serdan. Er wäre schneller weg, als ich gucken könnte. Sollte ich Serdan mal loswerden wollen, wäre das eine gute Möglichkeit – ein Lied aus Herrn Rübsams *Mundorgel* für ihn singen. Plus Gitarrengeschrammel.

»Aber Luzie …« Mamas Blick wurde sorgenvoll. »Nimm dich in Acht, ja? Serdan stammt aus einem anderen Kulturkreis. Die pflücken die Mädchen wie die Äpfel von den Bäumen. Und ehe du dich versiehst, nimmt er dich mit in die Türkei und …«

»Oh Mama. Das ist doch Quatsch. Serdan will nicht in die Türkei. Er ist in Deutschland aufgewachsen. Er wird mich schon nicht entführen. Außerdem – ich weiß ja gar nicht, ob er mich überhaupt mag.« Das stimmte tatsächlich. Und meine Worte klangen trauriger, als ich beabsichtigt hatte. Leander prustete noch einmal. Ich hatte große Lust, ihn aus dem Fenster zu werfen. Und die blöde Gitarre dazu.

»Na gut. Dann üb noch ein bisschen, mein Schatz.« Mama strich mir über das Haar und ging betont langsam nach draußen. In der Tür blieb sie noch ein, zwei Sekunden stehen – sie hoffte, ich würde sie aufhalten, um ein Mama-Tochter-Gespräch mit ihr anzufangen –, dann gab sie schnaufend nach und zog sich in die Küche zurück.

Ich schleuderte die Gitarre aufs Bett. Leander streckte

seine Hand aus, nahm sie sicher entgegen, richtete sich auf und berührte liebevoll ihre Saiten.

»Scht!«, unterbrach ich ihn. »Kannst du mir verraten, wie wir das machen sollen? Was ist, wenn sie wieder reinkommt?« Ich deutete zur Tür. Heute war mit allem zu rechnen. Es gab Tage, an denen war Mama unsere Abmachung, erst anzuklopfen und zu warten, ob sie eintreten durfte, vollkommen egal. Und da ich schon öfter kleine Zimmerbrände gehabt hatte, bekam ich auch keinen Schlüssel zum Abschließen. Ich war ihr ausgeliefert. »Was soll sie denken, wenn die Gitarre in der Luft schwebt und alleine spielt? Hm?« Kleidungsstücke und Gegenstände wurden erst dann durchsichtig, wenn Leander sie ein paar Stunden lang dicht bei sich getragen hatte. Und ich bezweifelte, dass das bei einem so großen Gegenstand wie einer Gitarre überhaupt funktionieren würde.

Anstatt zu antworten, lehnte Leander sich locker im Schneidersitz an das Kopfende des Bettes und nahm die Gitarre neben sich. Auffordernd klopfte er auf die Matratze. Ich verstand nicht, was er meinte.

»Was – was willst du?«, fragte ich verwirrt.

»Setz dich zu mir. Na, komm schon. Und wenn deine Ma reinplatzt, legst du schnell die Finger auf die Saiten und sie wird keinen Verdacht schöpfen.« Noch einmal klopfte er auf das Bett, weil ich wie versteinert am Schrank klebte. »Tout de suite!«

»Niemals.«

»Gut. Dann spiele ich eben allein. Mir ist das egal. Du musst es ihr erklären können. Nicht ich. Und glaub mir, deine Mama bewegt sich schon am Rande des Wahnsinns. Sie braucht nur ein paar angebliche Halluzinationen und sie ist bedient ...«

Leander schloss seine Finger um die Saiten und ließ den ersten Akkord erklingen. Dann den zweiten ... den dritten ... sie waren noch unsicher, aber zu laut – viel zu laut!

Knurrend krabbelte ich aufs Bett und schob mich mit dem Rücken zu ihm zwischen seine Beine. Leander legte die Arme um mich und nahm die Gitarre vor meinen Bauch. Ich musste mich an ihn sacken lassen, ganz nah, damit er weiterspielen konnte. Seine Fieberwärme ging augenblicklich auf mich über und ich wurde ein wenig träge und schläfrig, obwohl meine Gedanken sich gegenseitig zu jagen schienen. Was machte ich hier eigentlich? So eng hatte ich noch nie bei einem Jungen gesessen. Er kesselte mich ein zwischen sich und der Gitarre. Ich konnte mich kaum mehr rühren.

»Was spielst du da?«, fragte ich, um mich abzulenken. Leander lernte unglaublich schnell. Das war eine seiner Eigenheiten, die mich ständig sprachlos machte – wie rasch er sich neue Fertigkeiten aneignen konnte. Vor allem wenn sie mit Musik zu tun hatten. Er hatte zum Beispiel während eines einzigen Gottesdienstes singen gelernt und im Breakdance stellte er inzwischen sogar Serdan in den Schatten.

»*Streets of London*«, murmelte er abwesend und versuchte sich am nächsten Akkord.

»Von was handelt es?«

»Armen Menschen«, antwortete Leander bedauernd. »Menschen ohne Zuhause.« Sein warmer Atem streifte meinen Hals, als er sich vorbeugte, um die Textzeilen zu entziffern. »Moment, ich lerne es schnell auswendig. Ist eigentlich auf Englisch. Aber ihr singt es bestimmt wie hier in dem Buch auf Deutsch.« Ich musste meinen Kopf an seinen Hals legen, damit ich nicht zur Seite rutschte. Leander starrte eine Weile konzentriert auf die Liedzeilen. »Okay, abgespeichert. Sollen wir?«

»Ich singe bestimmt nicht.« Meine Stimme zitterte sowieso schon. Warum auch immer. Ja, sogar meine Hände zitterten. Ich wollte hier raus. Und ich wollte es doch nicht.

»Das hoffe ich, Luzie. Wir wollen ja nicht die Toten aufwecken«, erwiderte Leander spöttisch. »Du musst nur so tun, als ob. Für deine Ma. Falls sie reinkommt. Du musst es fühlen. Die Musik, meine ich.«

»Was denn sonst?«, fragte ich barsch. Ja, was denn sonst? Seinen warmen Bauch? Seine Haare, die mich an der Wange kitzelten? Seine Arme an meinen Schultern? Doch Leander war schon wieder bei der Musik. Wenn er sich etwas beibringen wollte, gab es nichts anderes mehr für ihn. Streber, dachte ich gehässig. Dann begann er zu singen und sich selbst dabei auf der Gitarre zu begleiten.

»Siehst du dort den alten Mann? mit ausgetretnen Schuhn? schlurft er übers Pflaster, und er sieht so müde aus … Hin und wieder hält er an, nicht nur um sich auszuruhn – denn er hat kein Ziel und auch kein Zuhaus …«

»Langsamer. Bau ein paar Fehler ein. Ich würde das niemals so gut hinkriegen!«, unterbrach ich ihn. Ich wollte nicht nur, dass er abbrach und Fehler einbaute. Vor allem wollte ich Zeit gewinnen, um den Kloß in meiner Kehle herunterzuschlucken, bevor Leander weitersang. Das Lied machte irgendetwas mit mir. Oder war es Leanders Stimme? Ich hatte plötzlich Lust, ein bisschen zu heulen. Und ich hatte eigentlich niemals Lust zu heulen. Leander schrammelte einen falschen Akkord, verbesserte sich und sang weiter.

»Doch du redest nur von Einsamkeit und dass die Sonne für dich nicht scheint.«

Natürlich – ich kannte das Lied. Oje. Was für ein riesiger Unterschied, wenn Leander es sang und nicht Herr Rübsam! Herr Rübsam hatte es beim Sommerfest mit Giuseppes Projektgruppe vorgetragen. Damals war ich in der fünften Klasse gewesen. Und den ganzen Song über hatte ich nur Seppo angestarrt und stolz gedacht: Ich wohne gegenüber von ihm. Er ist immer in meiner Nähe. Er gehört zu mir. Und jetzt lehnte ich an Leanders Brust und das Lied klang so anders … so anders … schöner. Ja, es klang schöner.

»Komm, gib mir deine Hand, ich führe dich durch unsre Straßen. Ich zeig dir Menschen, die wirklich einsam sind.«

Mogwai drehte sich seufzend in seinem Körbchen herum. Ich schloss meine Augen. Nun spürte ich, wie Leanders Stimme in seinem Brustkorb vibrierte. Und niemand hörte sie. Außer ihm und mir. Wir waren ganz allein auf der Welt.

Noch bevor der letzte Akkord verhallte, war ich fest eingeschlafen.

DUWEISSTSCHONWAS

»Luzie! Wir müssen!«, dröhnte Mamas Stimme durch den Flur.

»Noch drei Minuten, bin gleich fertig!«, rief ich zurück und lehnte mich so schwer wie möglich gegen die Tür, damit Mama wenigstens nicht sofort in mein Zimmer platzen konnte, falls sie wieder auf die Idee kam, mich und meine Klassenfahrtsvorbereitungen auf Schritt und Tritt zu überprüfen. Denn die große Herausforderung dabei war nicht mein Koffer. Sondern Leander und seine verfluchte Gitarre.

»Und?«, raunte er gespannt. »Was meinst du?«

Er schlang sich das breite Lederband um die Schulter, an dem er sie befestigt und das er von meinem ohnehin kargen Taschengeld bezahlt hatte. (Das meiste davon ging für Herrenduschgel, teure Unterhosen und neuerdings Pfefferminzdrops drauf, da Leander panische Angst hatte, Mundgeruch zu bekommen.) Das Holz der Gitarre funkelte leicht bläulich, als die Sonne darauffiel. Endlich war der Frühling zurückgekehrt – pünktlich zur Klassenfahrt. Und wie es aussah, war über Nacht irgendetwas mit der Gitarre geschehen. Gestern noch war das

Holz einfach nur braun gewesen. Jetzt hatte es einen feinen Blaustich. Leanders Dauerüben hatte Wirkung gezeigt. Aber da nur ich ihn sehen konnte und damit in jedem Fall auch die Gitarre, mussten wir vorsichtig bleiben. Der blaue Schimmer sagte gar nichts aus. Es war kein Beweis.

»Ich bin mir nicht sicher«, antwortete ich mit gesenkter Stimme, da Mamas Schritte durch den Korridor polterten. »Wir müssen es wohl drauf ankommen lassen. Lieber wäre es mir allerdings, die Gitarre bleibt hier.«

Leander winkte entschieden ab. In den vergangenen Wochen hatte er auf ihr gespielt, wann immer sich die Gelegenheit dazu geboten hatte. Und das war meistens tagsüber gewesen. Sobald Mama zu Papa in den Keller gegangen war, verzog er sich auf mein Bett oder sein (mein) Sofa und bearbeitete die Saiten. Herrn Rübsams *Mundorgel* konnte er mehr oder minder auswendig, obwohl er leidenschaftlich über die Texte der religiöseren Lieder – und das waren einige – lästerte und ankündigte, sein Programm zu erweitern. Er habe auf YouTube genügend geeignetes Klassenfahrtsmaterial gefunden.

Im Grunde war das, was Leander vorhatte, vollkommen sinnlos. Es hörte ihn keiner außer mir. Was für einen Zweck hatte es also, mitzuspielen und zu singen, wenn Herr Rübsam uns dazu nötigte? Er konnte keinen Beifall bekommen. Er konnte nicht gelobt werden für seine schöne Stimme und seine flinken Hände.

Alles, was passieren konnte, war, dass die übrigen Wächter ihn und seinen Körper entlarvten (falls sie nicht gerade geschlossen auf Freiflug waren) und anfingen, ihn zu quälen.

Aber das kümmerte Leander nicht. Also übte er oft und viel, damit die Gitarre irgendwann zu ihm gehörte und durchsichtig wurde. Dass wir sie anschließend Oma Anni vermutlich nie wieder zurückgeben konnten, weil sie für alle anderen Menschen nicht mehr da war, schien ihn nicht zu jucken. Und auch nicht, dass ich in die Bredouille geriet, wenn die Gitarre nach der Klassenfahrt weder bei mir noch bei Oma Anni zu finden war und Mama auf die Idee kam, sie zu suchen oder mich – wie in den vergangenen Tagen ständig – darum zu bitten, ihr etwas vorzuspielen.

Einerseits fand Mama es »hinreißend«, dass ich nun Musik machte und abends Gitarre übte, ja, dass endlich mein Talent durchgebrochen sei, »ein kleines Genie, unsere Luzie«. Und sie fand es auch noch einigermaßen hinreißend, dass ich allein üben wollte. Unbeobachtet. Und immer dann aufhörte, wenn sie das Zimmer betrat, um ganz offiziell zu lauschen. Weniger hinreißend fand sie, dass ich mich weigerte, ihr und Papa etwas vorzutragen. Wenn ich schon Serdan etwas Vorspielen würde, dann könne ich ja wohl auch meinen Eltern ein Ständchen gönnen, beschwerte sich Mama nach einigen Tagen und ihre Wimpern flatterten verdächtig.

Sie fing ohnehin alle zehn Minuten an zu weinen, weil ihr kleines Mädchen auf Reisen ging. Dabei empfand ich unsere Tour nach Altleiningen nicht im Geringsten als eine Reise. Eine Reise wäre es gewesen, wenn ich nach Afrika fliegen würde oder einen Überlebenstrip in Alaska gebucht hätte. Aber das hier war eine blöde Klassenfahrt. Wir blieben sogar im gleichen Bundesland. Und nach fünf Tagen war ich schon wieder zurück zu Hause. Das war kein echter Grund, in Tränen auszubrechen – jedenfalls nicht für Mama. Den wirklichen Ärger hatte ich. Ich musste einen unsichtbaren Wächter mitnehmen, den jeder spüren konnte, wenn er ihm zu nahe kam. Das war ein Grund zu klagen und zu jammern.

Hoffentlich war wenigstens die Gitarre transparent geworden. Hoffentlich? Es hatte mir eben einen winzig kleinen Stich versetzt, als ich das Schimmern entdeckt hatte. Von nun an konnte Leander alleine spielen und singen, wann immer er wollte. Mich brauchte er dazu nicht mehr. Gestern Abend war ich das letzte Mal in seinen Armen eingeschlafen, während er irgendetwas von einem »Hotel California« gesungen hatte, eines seiner YouTube-Favoriten. (Meine eigenen konnte ich gar nicht mehr finden zwischen all den verstaubten Annodazumal-Songs, die Leander abspeicherte, weil er überzeugt war, dass Herr Rübsam sie mochte.) Mama hatte noch einmal nach mir geschaut, kurz vor Mitternacht. Ich war aufgewacht, als sie mir die Decke über die Schultern gezogen hatte, und Leander war fort gewesen, samt Gitarre. Freiflug wahrscheinlich.

»Luzie! Jetzt wird es aber Zeit! Hast du denn gar keine Angst, dass der Bus ohne dich abfährt?«

Mama warf sich mit ihrem vollen Gewicht gegen die Tür. Geschätzten zwei Zentnern. Dagegen hatte ich keine Chance. Ich rutschte zur Seite und starrte angstvoll zu Leander hinüber, der aufrecht mitten im Zimmer stand, die Gitarre auf seinem Rücken. Sollte sie durch das viele Üben nicht durchsichtig geworden sein, konnten wir jetzt etwas erleben. Doch Mama hatte nur Augen für meinen Koffer. Erleichtert ließ ich die Luft aus meinen Lungen strömen und Leander zeigte grinsend sein Grübchen. Es hatte funktioniert. Meine Mutter konnte die Gitarre nicht sehen. Doch meine Erleichterung war nur von kurzer Dauer, denn Mama machte sich übereifrig an den Scharnieren des Koffers zu schaffen. Mit Schwung setzte ich mich drauf und löste ihre pink lackierten Krallen von dem Verschluss.

Sichtlich beleidigt ließ sie davon ab. »Bist du dir sicher, dass du alles eingepackt hast? Soll ich nicht doch noch einmal …?«

»Nein! Nein. Und Mama, nicht wieder weinen, bitte. Ich bin nur fünf Tage weg.«

»Fünf Tage, in denen so viel passieren kann! So viel!« Ihre Lippen begannen zu zittern. Ihre Stimme zitterte schon längst. Gleich würde Land unter herrschen.

»Herr Rübsam ist doch bei uns. Und Frau Dangel. Und – Seppo.« Mit Kelly, die beinahe jede Pause an ihm klebte und ihn zutextete. Ich schluckte. »Die passen schon auf.«

Mama stierte noch einmal auf meinen Koffer, als hätte ich ein Monster darin versteckt. Ich hatte darauf bestanden, alleine zu packen. Ich hatte keine Lust, dass sie mir nur Sachen einpackte, die ich niemals anziehen wollen würde, gekrönt von einem pastellfarbenen Schlafanzug oder einem ihrer scheußlichen geblümten Microfaserbettbezüge (die Leander hasste, weil sie laut Wächterschulung viel zu leicht entflammbar waren).

Mogwai hockte mit vorwurfsvollem Blick neben dem Koffer, das Schwänzchen ließ er traurig hängen. Er fiepte leise. Von ihm fiel mir der Abschied aufrichtig schwer. Mama zu entkommen war jedoch eine verheißungsvolle Vorstellung.

Papa hatte ich schon Tschüs gesagt, bevor er in den Keller gegangen war.

»Enttäusche uns nicht, Luzie«, hatte er viel zu ernst gemurmelt, als er mich an sich gedrückt und mir einen Kuss auf die Stirn verpasst hatte. »Und komm heil zurück.« Mir war schon klar, wie die korrekte Übersetzung lautete: »Enttäusche deine Mama nicht. Mach kein Parkour. Und auch keine anderen Dummheiten. Lande bitte nicht wieder in der Notaufnahme. Verursache Herrn Rübsam keine weiteren grauen Haare (falls das überhaupt noch möglich ist). Und lass dir von den Jungs nicht den Kopf verdrehen.«

Ohne den Koffer freizugeben, lehnte ich mich zum Hund rüber und strich ihm über den wuscheligen Kopf. Ich spürte deutlich seine spitzen Schädelknochen unter meiner Hand. Er fühlte sich wahrhaftig nicht wie ein junger Hund an. Sondern wie ein alter Hund. Wahrscheinlich hatte ihn deshalb niemand haben wollen im Tierheim. Trotzdem war die Vorstellung nicht schön, einen alten Hund zurückzulassen.

Mama ging in die Hocke, um mir in die Augen sehen zu können. Ihre Knie knackten vernehmlich.

»Luzie, meine Kleine. Hast du auch – ähm – ein paar – Hmhm eingepackt? Falls du deine – Duweißtschonwas – äh …?«

»Brauche ich nicht«, fiel ich ihr ins Wort. Leander beugte sich neugierig vor und ich war versucht, Mama ans Schienbein zu treten. Da wollte sie am liebsten täglich Frauengespräche mit mir führen und konnte nicht einmal die einfachsten Dinge beim Namen nennen. Dennoch war mir ihr Gestotter ganz recht. Vor Leander musste ich dieses Thema nun nicht ausbreiten. Er sollte ruhig weiterhin rätseln, was Mama mit Duweißtschonwas meinte. Momentan war er der Auffassung, es habe etwas mit Harry Potter zu tun. (Keine Ahnung, wie er darauf kam, aber je weiter er sich vom eigentlichen Thema fortbewegte, desto lieber war es mir.) Jedenfalls hatte ich Duweißtschonwas erst letzte Woche gehabt. Ich brauchte nichts mitzunehmen. Immerhin etwas Gutes an dieser Klassenfahrt.

»Prima. Fein«, sagte Mama tapfer. »Und wo ist Annis Gitarre?«

Ich deutete auf den Koffer. »Schon eingepackt.«

Mama riss mich am Ellenbogen nach oben. »Und du sitzt drauf? Um Himmels willen, Liebes, die geht doch kaputt!«

»Tut sie nicht. Ich bin ein Fliegengewicht.«

»Ja, das bist du allerdings«, entgegnete Mama neiderfüllt, wuchtete den Koffer hoch und stapfte mir voraus durch den Flur. Ich drehte mich zu Leander um. Er lag bäuchlings auf dem Boden und ließ sich von Mogwai die Hände abschlecken. Ich roch den fischigen Hundeatem bis hierher. Vielleicht sollte ich Mogwai mal einen von Leanders Pfefferminzdrops unters Futter mischen.

»In zehn Minuten vor der Schule. Schaffst du das?«, fragte ich ihn flüsternd. Wir hatten abgemacht, dass er zur Bushaltestelle flog. Ich hatte ihn zu überreden versucht, gleich zur Jugendherberge zu fliegen, doch er hatte nicht mit sich reden lassen. Er wollte von Anfang an mit dabei sein.

»Klar schaffe ich das. Null Problemo.« Leander küsste Mogwai auf seine feuchte Schnauze.

»Das sagt niemand mehr, Leander. Null Problemo. Das ist total uncool.«

»Mir doch egal. Bis nachher. Halt mir schon mal einen Platz frei.«

Aber genau das stellte sich schwieriger dar als erwartet. Denn natürlich wollte Sofie neben mir sitzen. Möglichst weit hinten bei den Jungs. Leander jedoch wollte möglichst weit vorne sitzen, da sich laut Wächterschulung dort die sichersten Plätze befanden und man einen guten Blick auf den Busfahrer hatte (wozu auch immer das gut sein sollte). Gepäcknetze wie in der S-Bahn gab es hier nicht. Und selbst wenn – zehn Minuten konnte Leander das durchhalten. Eine Stunde lang sicherlich nicht. Er musste einen Sitzplatz bekommen. Und zwar neben mir.

Seppo und Kelly hatten sich schon ihr Eckchen im Bus gesucht. Auch ganz vorne. Direkt hinter den Lehrern. Ich linste zu Mama und Herrn Rübsam hinüber. Mama redete gestikulierend auf ihn ein und er hörte gar nicht mehr damit auf, eifrig zu nicken und kleine Verbeugungen zu machen.

»Los, Luzie. Wir müssen uns einen Platz suchen, sonst sind die besten weg!«, drängte Sofie.

»Ich – ich würde gerne allein sitzen. Vorne.«

»Ja, klar. Guter Witz, Luzie. Schau mal, da hinten am Fenster sind noch zwei frei …«

»Nein. Kein Witz. Ich geh nach vorne.« Ich löste vorsichtig Sofies Hand von meinem Pulliärmel, nickte Leander verstohlen zu und marschierte dem Fahrereinstieg entgegen.

»Warte, Luzie …« Sofie holte mich mit klappernden Absätzen ein. »Dann geh ich eben mit dir nach vorne. Kein Problem.«

Seufzend blieb ich stehen. »Nein. Ich will alleine sitzen. Bitte, Sofie, mir – mir wird schnell schlecht, und wenn dann jemand neben mir sitzt – das – das kann böse ausgehen. Wenn du verstehst, was ich meine.« Ich deutete auf ihr schneeweißes T-Shirt. »Ist besser so, glaub mir.«

Sofie verzog angewidert den Mund. »Oh. Na gut. Dir wird schlecht? Du stürzt dich freiwillig von Hochhausdächern und im Bus wird dir schlecht?« Sie lächelte mich voller Mitleid, aber auch ein wenig belustigt an. »Arme Luzie. Dann bis später.«

»Wehe, du kotzt mich voll«, warnte Leander mich unauffällig, nachdem er neben dem Fenster und ich am Gang Platz genommen hatte.

»Das war eine Ausrede, du Idiot!«, zischte ich zurück, ohne meine Lippen zu bewegen. Sollte mir bis zum Schulabschluss kein Beruf einfallen, den ich machen wollte, würde ich meine Brötchen wahrscheinlich als Bauchrednerin verdienen können.

Nein, mir würde kaum übel werden. Ich machte mir eher Sorgen um Leander. Seitdem er einen Körper hatte, war er noch nie Auto oder Bus gefahren. Und möglicherweise – nein, ziemlich sicher – fühlte es sich mit Körper anders für ihn an als körperlos.

Und es kam, wie ich befürchtet hatte. Schon nach den ersten zehn Minuten, in denen er sehr still und beinahe leblos in der Ecke gesessen hatte, die Wange an das kalte Fenster gepresst und seine zweifarbigen Augen unablässig auf den Hinterkopf des Busfahrers geheftet –, grapschte er nach meiner Hand und quetschte sie so fest, dass ich aufkeuchte. Seine Nase sah aus wie ein Eiszapfen. Wäre er ein Mensch gewesen, hätte sie sich grün gefärbt. So aber war sie hellblau.

»Anhalten!«, schrie ich. »Schnell! Anhalten! Bitte! Ich muss raus, sofort!!«

Der Busfahrer bremste mit quietschenden Reifen auf dem Seitenstreifen und augenblicklich brach Chaos aus. Alle redeten durcheinander, irgendwo rief Sofie nach mir. Ein paar Jungs lachten höhnisch.

»Soll ich mitkommen, Luzie?«, fragten Seppo und Herr Rübsam gleichzeitig, doch ich stieß sie weg und flüchtete mit Leander an der Hand nach draußen, hechtete in einem einzigen Satz über die Leitplanke und rannte weiter, bis wir uns hinter ein paar Büschen verstecken konnten.

Doch anstatt sich zu übergeben, hockte Leander sich in aller Ruhe auf den Boden und lehnte sich an einen Baumstamm. Jetzt sah seine Nase auch nicht mehr wie ein Eiszapfen aus.

»Was soll das, Leander?«

»Eine halbe Stunde«, sagte er mit einem zufriedenen

Blick auf die altmodische Taschenuhr, die er sich vor Kurzem »geliehen« hatte (wo, wusste ich nicht) und immer in seiner Westentasche trug. »Das müsste reichen. Dann ist er wieder bei null.«

»Was?« Ich verstand gar nichts. »Bei null?«

»Sein Alkohoooolpegel«, klärte Leander mich mit erhobenen Brauen auf. »Der Busfahrer hat gestern ein bisschen zu tief ins Glas geschaut. Gefährlich. Sehr, sehr gefährlich. Wir können nicht weiterfahren. Wir warten. Tu so, als wäre dir schlecht. D'accord?«

»Das geht nicht! Wir können hier nicht eine halbe Stunde in der Pampa sitzen! Wie stellst du dir das vor? Wenn ich nicht gleich zurückkomme, gehen die mich suchen! Und wollen sich um mich kümmern und ...« Ich schloss kurz die Augen. Wir waren nicht einmal in der Jugendherberge und ich hatte bereits mächtigen Ärger am Hals. »Ist es wirklich so schlimm?«

»Ist es.« Leander nickte bekräftigend. »Seine Reaktionen sind verlangsamt. Er muss nur einen Idioten vor sich haben und – bumms, das war's. Ihr seid alle dahin. Aus und vorbei. Dann kann dein Papa viele kleine Särge basteln.«

»Und warum merken die anderen Wächter das nicht?«

»Die merken das sehr wohl.« Leander grinste kurz – ein viel zu selbstverliebtes Grinsen. »Nur können die ihn ja schlecht ansprechen und ihre Klienten auch nicht. Aber ich, ich kann es. Weil ich einen Körper habe. Ha.

Ha! Jetzt steht die Zentrale aber dumm da.« Er rieb sich genüsslich die Hände.

»Wir können hier trotzdem nicht bleiben«, beharrte ich.

»Dann müssen wir eben immer wieder mal stoppen. Ich lass dich nicht in den Händen eines besoffenen Busfahrers, Luzie, das kannst du nicht verlangen!«

Okay. Wenn wir jetzt zu streiten anfingen, würden wir nur mehr Zeit verlieren, und ich wollte vermeiden, dass Herr Rübsam mir nachkam und dachte, ich würde Selbstgespräche führen. Vor lauter Aufregung begann meine Blase zu drücken. Der Kaffee machte sich bemerkbar. Ich konnte die Gelegenheit wenigstens nutzen, um zu pinkeln. Und danach sollte Leander von mir aus bis in alle Ewigkeit unter dem Busch sitzen bleiben. Ich würde zurück zum Bus gehen.

»Dreh dich weg«, befahl ich ihm, zog die Hosen runter und ging in die Hocke. Wieder so eine Ungerechtigkeit. Für Jungs war es tausendmal einfacher, im Freien zu pinkeln. Aber wir Mädchen …

»Luzie … Luzie!?«

Oh Gott. Das war Seppo. Und zwar viel zu nah … Hastig richtete ich mich auf und zog im gleichen Moment die Hose hoch, doch es war schon zu spät.

»Ich hab nix gesehen!«, rief er schnell, aber das konnte er seiner Großmutter erzählen. Er log.

»Luzie, ich dachte, dir ist schlecht … und du – du …?«

Er deutete fragend auf meine Finger, die umständlich meinen Gürtel schlossen. »Du musstest nur aufs Klo? Wir machen uns alle Sorgen um dich!«

»Schwache Blase«, brummelte ich entschuldigend. Schwache Blase. Was für ein Unsinn! Ich konnte stundenlang einhalten, wenn es sein musste.

»Na, dann komm. Ich erzähl es schon niemandem weiter. Also, dass ich …« Seppo brach verlegen ab. Ja, dass du mich beim Pinkeln gesehen hast, führte ich seinen Satz in Gedanken zu Ende. Außerdem glaubte ich ihm nicht. Kelly würde er es bestimmt erzählen. Und sie fand es sicher »cute«. Süß. Alles an uns »Kindern« fand sie cute. Ätzend.

Ich musste das Spiel mit der schwachen Blase weitertreiben, bis Leander Entwarnung gab. Insgesamt vier Mal. Weigern konnte ich mich nicht, da Leander drohte, das Steuer zu übernehmen. Der Busfahrer hasste mich. Die anderen kicherten hinter meinem Rücken. Seppo und Kelly tuschelten. (Ich redete mir ein, dass ich gut versteckt im Gebüsch gesessen hatte und mein Pulli so lang war, dass mein blanker Hintern sowieso verdeckt gewesen war. Garantiert.) Frau Dangels Lippen waren dünn wie ein Strich. Herrn Rübsams Stirn glänzte feucht vor lauter Stress.

Nur Leander wirkte stolz und zufrieden. In seinen Augen hatte er uns das Leben gerettet. Dabei fühlte ich mich mehr tot als lebendig – und es war alles erst der

Anfang. Herr Rübsam hatte eben verkündet, dass wir nur noch wenige Kilometer vor uns hatten. Und damit wurde ich bald vor das nächste Problem gestellt: die Zimmeraufteilung. Es nahm einfach kein Ende.

Doch noch saßen wir im Bus und der Alkoholpegel des Busfahrers lag endlich wieder bei null. Ich hatte ein paar Minuten nur für mich. Erschöpft lehnte ich meinen Kopf an Leanders warme Schulter und döste sofort ein.

KOFFERKONTROLLEN

»Oh nein. Nein«, murmelte Billy und kratzte sich ausführlich in seinem bulligen Nacken. Er hatte sichtlich zugenommen, seitdem wir kein Parkour mehr machten.

»Nein«, sagte auch Seppo. Es klang trostlos.

Serdan kniff die Augenbrauen zusammen und hustete kurz. In seiner Gebärdensprache war das ebenfalls ein fassungsloses Nein.

Ich sparte mir einen giftigen Kommentar, verschränkte stattdessen nur die Arme und schaute die Jungs herausfordernd an. Sie blickten betreten an mir vorbei.

Wir waren in einem Eins-a-Parkour-Revier gelandet. Das hier war der Traum eines jeden Traceurs. Ruinengemäuer, wie geschaffen zum Balancieren. Ein umschlossener Burghof. Eine schmale Brücke. Astreine Höhenunterschiede. Ein Schwimmbad mit allerhand Bänken und Geländern. Es war das Paradies. Ich sah binnen Sekunden etliche Runs vor meinem geistigen Auge, die man hier einstudieren könnte.

Nein. Ich konnte meine Klappe nicht mehr halten. Unmöglich. »Tja. Seppo musste mich ja unbedingt bei meinen Eltern verpetzen«, bemerkte ich schnippisch.

»Ja«, knurrte Billy. »Und du«, er stierte Serdan an, dessen Augenbrauen nun eine durchgezogene Linie bildeten, »du musstest unbedingt den Sozialarbeiter raushängen und diesen bescheuerten Pakt schließen. Entweder wir alle sagen es oder wir lassen es bleiben. Warum hast du uns nicht gleich erschossen?«

Serdan erwiderte nichts, aber sein frostiger Blick ließ Billys runde Backen im Nu erglühen.

»Leute, das ist doch egal«, brach Seppos bemüht fröhliche Stimme durch unser unterkühltes Schweigen. »Ihr glaubt doch nicht im Ernst, wir hätten hier Parkour machen können? Mit mir? Ich bin euer Betreuer. Das wäre Wahnsinn!«

»Oh, wir können das auch gut ohne dich«, erwiderte ich eisig. »Sehr gut sogar.«

Seppo lachte nur und wollte mir die Haare verwuscheln, doch ich zog meinen Kopf weg und überlegte mir gerade einen weiteren Angriff, als Herrn Rübsams dünnes Rufen zu uns herüberschallte.

»Luzie!? Was machst du da bei den Jungs?« Er sah nervös aus.

»Ich schau, ob sie sich hinter den Ohren gewaschen haben!«, rief ich genervt zurück. Elena kicherte geziert und Kelly hatte wieder ihren »Cute!«-Blick drauf. Ob sie auch noch so widerlich süß lächelte, wenn sie auf dem Klo saß?

»Siehst du«, versuchte Seppo mich zu besänftigen.

»Der Rübsam sieht alles. Nun geh schon zu den anderen, sonst kriegst du das mieseste Zimmer.« Sanft schob er mich nach vorne. Er sollte mich nicht dauernd anfassen. Was bildete er sich eigentlich ein? Trotzdem beschwerte mein Magen sich flatternd, als seine Hand sich von meinen Schultern löste. Betont langsam lief ich zum Bus hinüber, wo alle durcheinanderredeten und Herr Rübsam konzentriert eine Liste studierte, bewacht von Frau Dangel.

Leander saß auf einer Bank vor dem weiß gestrichenen Hauptgebäude und klimperte auf seiner Gitarre herum. Ich starrte ihn an, bis er mich bemerkte und aufschaute.

Was jetzt?, dachte ich, so fest ich konnte. Ich wollte von ihm wissen, wie ich das mit der Zimmeraufteilung managen sollte. Doch offensichtlich funktionierte Gedankenübertragung bei uns nicht. Und mit ihm zu reden war unmöglich. Nicht hier, vor allen anderen.

»Luzie, da bist du ja endlich. Kommst du mit uns in ein Zimmer?« »Uns«, das waren Sofie, die mich begeistert und viel zu lieb anstrahlte, und Lena und Steffi (sie guckten nicht ganz so begeistert, nickten aber immerhin auffordernd). Ich dachte fieberhaft nach. Sofie hatte noch einen Wächter und laut Leander war er pflichtbewusst. Sehr pflichtbewusst sogar. Pflichtbewussten Wächtern würde nicht entgehen, was mit Leander los war, wenn er rund um die Uhr bei uns war. Niemals würde Leander es durchhalten, fünf Tage lang ununterbrochen den durchsichtigen Wächter zu mimen. Und ganz ehrlich – niemals würde ich es aushalten, fünf Tage lang nicht mit Leander zu sprechen. Ich musste ihn wenigstens ab und zu zusammenstauchen können.

Also kein Zimmer mit Sofie.

»Sofie, Luzie, habt ihr euch endlich entschieden?« Herr Rübsam wedelte mit der Liste. Anhand der Grüppchen, die sich auf dem Burghof gebildet hatten, konnte ich erkennen, dass alle anderen sich schon gefunden hatten. Bis auf Elena – aber das war kein Wunder.

Es gab schon einige Mädchen, die zu Elena aufsahen. Weil sie älter war, immer die neuesten Styles trug, schon einen Freund hatte (aus der Oberstufe!) und sich jeden Tag direkt nach der Schule eine Zigarette anzündete. Sie rauchte nicht irgendwie. Sie konnte Ringe in die Luft blasen und hatte so eine komische elfenbeinfarbene Hülse, in die sie die Zigarette hineinsteckte. Ich glaube, sie wollte verrucht dabei aussehen. Für mich sah sie nicht verrucht, sondern bescheuert aus.

Ja, Elena wurde respektiert und gefürchtet, doch ein Zimmer wollte niemand mit ihr teilen. Konnte ich gut verstehen. Aber wenn sie in ein Einzelzimmer ging, konnte ich das auch tun. Warum nicht.

»Ich hätte gerne ein Einzelzimmer«, sagte ich lässig. Sofie blieb der Mund offen stehen und auch Lena und Steffi verstummten.

»Ein Einzelzimmer?«, echoten sie.

»Ich – äh – ich schlafwandle ab und zu. Ihr würdet kein Auge zumachen.« Ich hob entschuldigend meine Schultern. »Ist besser so.«

Herr Rübsam schob seine Lippen erst nach rechts, dann nach links. »Wir haben keine Einzelzimmer, Luzie. Die sind für die Lehrer und für die Betreuer reserviert. Für euch haben wir Zweierzimmer und Viererzimmer.«

»Sie könnten doch mit Frau Dangel …« Ich stoppte mich selbst, denn Frau Dangels Gesicht hatte seine doppelte Größe angenommen. Wenn ich weiterredete, würde es platzen. Okay, andere Variante. »Oder Seppo und Kelly – nein. Bloß nicht. Vergessen Sie es.« Hinter mir lachte jemand. Ich drehte mich wütend um. Es war Billy gewesen. Ertappt sah er zu Boden. Was tat ich da nur? Seppo und Kelly in ein Zweierzimmer verfrachten, damit Leander nicht auffiel? Es war so wie früher. Leander verdarb mir alles.

»Am liebsten würde ich sofort wieder heimfahren«, flüsterte ich. Herr Rübsam beugte sich verwirrt vor, um mir in die Augen sehen zu können, doch ich guckte hinüber zu Leander, der wild mit den Armen fuchtelte und auf Elena zeigte. Und jetzt fiel mir auch ein, was er mir vor ein paar Tagen gesagt hatte. Elena hatte keinen Wächter mehr. So wenig ich sie auch leiden konnte – Elena war die Lösung.

»Dann gehe ich mit Elena in ein Zimmer«, verkündete

ich seufzend. Elena glotzte mich verwundert an, protestierte jedoch nicht. Ihr schien alles egal zu sein. Wir waren ja eh nur blöde Kinder, eines wie das andere.

Herr Rübsam wirkte immer noch irritiert, aber zufrieden. »Gut. Luzie mit Elena. Wunderbar.« Auch Frau Dangel erholte sich langsam von ihrem Schock.

»Das glaub ich nicht, Luzie.« Sofie packte mich am Ärmel. Sie konnte ihren Mund wieder schließen, aber ihre Augen hatten sich mit Tränen gefüllt. »Ich dachte, wir sind Freundinnen. Im Bus willst du dich nicht neben mich setzen, okay, aber das jetzt ... das jetzt ...«

»Komm, Sofie«, forderte Lena sie mit einem strafenden Blick in meine Richtung zum Gehen auf. »Ich hab dir immer gesagt, dass Luzie einen Knall hat.«

»Ja. Genau. Bumm!«, machte ich. »Einen Vollknall.« Und dieser Vollknall hieß Leander.

»Mensch, Luzie. Ich versteh das nicht«, weinte Sofie. »Ich versteh dich echt nicht.«

»Oh Gott«, hörte ich Herrn Rübsam murmeln. »Warum hab ich mich nur darauf eingelassen? Wir sind nicht mal zehn Minuten da und die Erste weint schon.«

»Ich hab dir gesagt, dass es leichter ist, einen Sack Flöhe zu hüten, als mit Luzie Morgenroth auf Klassenfahrt zu gehen«, zischte Frau Dangel. Ich lauschte erstaunt. Es war das erste Mal, dass ich sie deutsch sprechen hörte. Völlig akzentfrei! Trotzdem. Was sie über mich sagte, war nicht gerade nett. Das Flattern in meinem Magen verwandelte sich in einen dicken, schweren Klumpen, der mich nach unten zog. Ich hätte mich ebenfalls gerne auf das Bänkchen gesetzt, wie Leander.

Ich wollte Sofie nicht zum Weinen bringen. Wenn sie wüsste, wie gerne ich mit ihr auf ein Zimmer gegangen wäre … Stattdessen hatte ich Elena am Hals. Ja, lieber hätte ich mit Seppos eingebildeter Cousine Silvana ein Zimmer geteilt. Sogar mit meiner Mutter. Ich musste das wiedergutmachen. Sobald sich die Gelegenheit bot, würde ich mit Sofie sprechen. Sie war meine einzige Freundin. Ich wollte sie nicht verlieren, auch wenn ich unsere Gespräche meistens grässlich langweilig fand. Aber immerhin konnte ich mit ihr über Jungs reden. Mit den Jungs konnte ich ja schlecht über Jungs reden. Zumal die sowieso nicht wussten, wie man ein vernünftiges Gespräch führte. Gesprächstechnisch waren sie Neandertaler.

»So, hört mal alle her. Hallo! Kinder! Jungen und Mädchen!« Herr Rübsam musste auf und ab springen, damit Ruhe einkehrte und die Grüppchen aufhörten zu quasseln. Elena hatte sich neben mich auf ihren Koffer gesetzt und feilte an ihren Nägeln herum.

»Okay. Danke.« Herr Rübsam holte keuchend Luft. Wahrscheinlich hätte er gerne eine geraucht. »Kofferkontrolle. Ich habe es euch schon angekündigt: keine Handys, kein Alkohol, keine Zigaretten.« Das mit den Zigaretten klang bedauernd. Doch er fing sich sofort wieder. »Ich werde nicht alle Koffer prüfen. Frau Dangel und ich machen Stichproben. Hier und jetzt. Elvira?« Er lächelte Frau Dangel unterwürfig an und ihr Adlerblick schoss auf mich zu.

»Luzie.« Gebieterisch deutete sie auf meinen Koffer. »Ouvre.«

Ich trat gereizt gegen die beiden Schlösser und sie sprangen auf. Mit einem luftigen Plopp hob sich der Deckel. Sofort brandete das Kichern wieder auf. Was gab es da nur zu kichern? Ich hatte nichts Verkehrtes eingepackt. Und schon gar nicht etwas, worüber man lachen konnte. Nur meine Cargohosen, ein zweites Paar Turnschuhe, ein paar Comics, Kapuzenpullover, meinen Badeanzug und …

Mamas rosaroten Epilierer. Zwei Riesenflaschen axe-Herrenduschgel. Die Schulbüchereiausgabe von *Vom Winde verweht.* Und eine kunterbunte CD-Box mit dem Titel *Summer of Love.* Dazu drei Calvin-Klein-Shorts in Schwarz, Weiß und Grau. Alles sorgfältig nebeneinander ganz oben auf meine Sachen gelegt.

Das Kichern schwoll zu einem lauten Lachen an, als Elena den Epilierer hochnahm und grinsend durch die Luft schwenkte. Ausgerechnet. Ich wollte gar nicht wissen, was sich alles in ihrem Koffer befand. Zu meinem Entsetzen sah ich, dass sogar ein Päckchen Damenbinden in der rechten Einschubleiste neben meinen Schuhen steckte. Ich schnappte mir Elenas Arm, verdrehte ihn so, dass sie den Epilierer loslassen musste, schmiss ihn zurück zu den anderen Sachen und knallte den Koffer wieder zu.

Frau Dangels schmaler Mund zuckte, als sie mir dabei zusah. Sie wirkte wie eine Eule, die sich auf die Maus freut, die sie gleich töten und verspeisen wird.

»Kinder, beruhigt euch! Alles erlaubte Dinge.« Herr Rübsam trat einen Schritt auf mich zu. »Darf ich mir die CD mal ausleihen?«, fragte er vertrauensvoll.

»Können Sie. Den Epilierer übrigens auch. Mit 'nem schönen Gruß von meiner Mutter. Mir gehört der nämlich nicht. Und die Unterhosen sind ebenfalls von ihr. Ein Geschenk für Sie.« Herr Rübsam zuckte erschrocken zurück. Ich drehte mich ein zweites Mal zu der kichernden Meute hinter mir um.

»Hihihihihi«, äffte ich sie nach. »Könnt ihr nix anderes?« Augenblicklich war es still. Nur Sofie schluchzte leise auf. Serdan grinste. Er grinste! Lachen konnte er anscheinend noch.

Dass Elenas und mein Zimmer ein eigenes Bad hatte und total urig aussah – wie die gesamte Jugendherberge –, konnte mich kaum aufheitern. Innerhalb weniger Minuten hatte Elena ein heilloses Durcheinander veranstaltet. Überall flogen ihre Klamotten und tausend Kosmetikbeutel herum. Dann schloss sie sich im Bad ein, obwohl Herr Rübsam uns gebeten hatte, nach dem Auspacken hinunter in den Burghof zu kommen. Ich hörte, wie Wasser zu laufen begann. Wahrscheinlich rauchte sie heimlich.

Ich öffnete rasch die Tür, damit Leander hereinschlüpfen konnte. Mit einem eleganten Sprung nahm er die obere Etage des Hochbetts in Besitz. Elena hatte sie mir aufgebrummt. Ich würde doch so gerne klettern, hatte sie abschätzig gemeint und mich viel zu kalt angelächelt.

Ich zögerte einen Moment, bevor ich mich Leander anschloss. Doch als ich oben war, atmete ich tief aus. Dieses Bett war meine Insel. Alles andere hatte Elena in Beschlag genommen. Nur hier oben würde sie mich in Ruhe lassen. Mich und Leander. Wo sollte er nur schlafen? Das Zimmer war eng. Es gab außer den Betten nur noch einen Sessel. Auf dem Boden durfte er nicht pennen. Das war zu riskant. Elena konnte ihn bemerken, wenn sie nachts durchs Zimmer schlich.

Ich fühlte mich plötzlich einsam und verloren. Ich hatte nicht einmal mehr Hunger. Ich dachte an mein Zimmer im Hemshof, der mir so weit weg erschien wie der Mond – ja, auch mein Zimmer war nicht groß. Aber es hingen meine Poster an der Wand, neben dem Schreibtisch lag Mogwai in seinem Körbchen und döste, und wenn ich aus dem Fenster schaute, konnte ich rüber zu den Lombardis gucken.

Ich wollte nach Hause. Sofort.

Ich setzte mich neben Leander, der mich stumm beobachtete, an die Wand, verschränkte die Arme auf meinen Knien und drückte meine Augen in meine rechte Armbeuge. Nicht heulen. Bloß nicht heulen. Ich heulte doch auch sonst nie.

»Hey.« Leander stieß mich mit seinem Ellenbogen an. »Ich glaub, davon haben sie in der Schulung erzählt. Genau. Das ist – das ist … Moment.« Er grübelte eine Weile. »Jetzt weiß ich wieder, wie es heißt. Heimweh. Du hast Heimweh.«

»Quatsch. Ich hab kein Heimweh.«

»Doch. Sicher. Muss so sein. Ist gut für euch. Es zu überwinden gehört zum Erwachsenwerden«, zitierte er mit geschwellter Brust. »Andere Jugendliche zeigen in diesen Situationen Mitgefühl. Dadurch lernt der Klient, dass er auch ohne seine Eltern und sein gewohntes Umfeld zurechtkommt. – Was ist noch mal Mitgefühl, Luzie? Gibt es auch Ohnegefühl?«

»Ja, gibt es. Du bist das beste Beispiel für Ohnegefühl. Du bist ein einziges Ohnegefühl.« Ich rückte ein Stück von ihm ab. Was hatte ich vorgehabt? Ihm menschliche Gefühle beizubringen? Er wusste nicht einmal, was Mitgefühl war!

»Erklär es mir, Luzie. Bitte«, drängelte er. »Noch hört sie uns nicht.« Er deutete auf das Bad, wo nun ein Föhn summte.

»Wenn ich traurig bin, musst du auch traurig sein. Denn dann …« Ich suchte nach Worten. »Dann weißt du, was ich fühle, und kannst mir besser helfen.«

»Das ist dumm«, entgegnete Leander. »Sehr dumm sogar. Traurige Menschen weinen. Sie sitzen still da, bewegen sich nicht, schniefen und rotzen vor sich hin, jammern ununterbrochen. Wie sollen sie so jemandem helfen?«

»Ich sag ja nicht, dass der andere auch weinen muss. Er muss den Traurigen verstehen. Und das kann er nur, wenn er weiß, wie sich das anfühlt. Es darf ihn nicht kaltlassen, verstehst du?«

Leander grinste schwach. »Lässt mich nicht kalt. Meine Haut ist immer noch warm wie ein Strand in der Karibik.«

»Oh Mann«, murrte ich. »Du kapierst ja auch wirklich gar nichts …«

»Das war ein Witz, chérie. In Menschenkunde hatte ich die besten Zensuren. Jedenfalls hab ich gelernt, dass Menschen etwas Bestimmtes machen, um andere zu trösten. Also das hier. Ähm. Ja. Exactement.«

Er packte mich an den Schultern und zog mich mit Schwung zu sich, um dann mechanisch meine Haare zu tätscheln. Ich überlegte mir, mich zu wehren. Ihm einen Knuff zu verpassen. Ihn zu beißen. Aber ich tat nichts von alldem. Denn mir war wirklich kalt und Leanders Halsbeuge so schön warm.

Und eigentlich war es auch besser, hier oben in einer Burg mit Leander auf einem fremden Bett zu sitzen, während Elena im Bad an sich herumföhnte, als den lieben langen Tag von Mama verfolgt zu werden. Falls ich tatsächlich Heimweh gehabt hatte, war es schon wieder verflogen. Trotzdem ließ ich meine Stirn noch eine Weile an Leanders warmem Hals ruhen, bis ich nicht mehr fröstelte und wissen wollte, was Herr Rübsam unten im Burghof veranstaltete.

»Lass uns runtergehen«, beschloss ich gähnend und befreite mich aus Leanders Umklammerung. »Aber halt dich bloß fern von uns.«

Leander salutierte knapp und folgte mir auf leisen Sohlen. Er hatte mir versprochen, sich rauszuhalten, wenn Herr Rübsam etwas mit uns unternahm. Er würde sogar so weit weg bleiben, dass ich ihn nicht mehr sehen konnte. Nur abends wollte er dabei sein, wenn wir sangen. Falls wir das taten. Aber jetzt war es kurz vor Mittag. Ich wollte mich ungestört bei Sofie entschuldigen. Ein paar Worte mit den Jungs wechseln. Erklären, warum all die seltsamen Dinge in meinem Koffer lagen. Ich hatte jede Menge Lügen vor mir.

Vor allem aber wollte ich für ein paar Stunden einfach nur ein stinknormales Mädchen sein.

Minnesang

»Also gut.« Ich legte die Schere und das Stück Stoff zur Seite und atmete tief durch – wie vorhin neben Leander auf dem Bett. Wahrscheinlich gehörte das jetzt zu meinem Leben dazu. Dass ich ab und zu seufzen musste wie Mama, wenn sie ihre Schnulzen guckte. Oder *Extrem schön!* mit Leander an ihrer Seite.

Nun saß Sofie neben mir. Wir hatten von Herrn Rübsam und Frau Dangel die unehrenhafte Aufgabe bekommen, uns Kostüme zu basteln. Ritterkostüme. Gewänder mit Schleppe und Umhang für die Mädchen und Rüstungen samt Schild und Helm für die Jungs. Wir befänden uns schließlich auf einer mittelalterlichen Burg. Kelly fand das dieses Mal nicht süß, sondern romantisch. »Oh, this is so romantic!« Sofie war ebenfalls Feuer und Flamme. Serdans und Billys Gesichter aber hatten sich versteinert. Sie hatten sich in eine schattige Ecke verzogen und schnipselten mit Leichenbittermiene an einem silberfarbenen Pappkarton herum, als würden sie erhängt werden, sobald sie fertig waren.

Mir war auch nicht zum Lachen zumute. Im Basteln war ich immer schlecht gewesen. Nähen konnte ich schon gar nicht. Jetzt wäre es doch ganz praktisch gewesen, Mama dabeizuhaben. Sie wäre darin aufgegangen!

Ich hatte das Gefühl, dass Herr Rübsam lieber Grundschullehrer geworden wäre. Das hier war kindisch. Ich fühlte mich blöd dabei. Denn Seppo und Kelly mussten keine Kostüme schneidern. Stattdessen liefen sie mit wachsamen Augen unentwegt im Burghof herum und beaufsichtigten uns. Es fehlten eigentlich nur noch die Peitschen in ihren Händen. Damit sie uns eins überziehen konnten, wenn wir eine Pause machten.

Aber jetzt musste ich eine Pause machen. Es war schwierig genug gewesen, Sofie dazu zu überreden, sich mit mir zusammenzutun. Und zwar nur wir zwei. Seit einer Stunde saßen wir schweigend nebeneinander auf einem bemoosten Mäuerchen. Sofie schnippelte und malte und nähte eifrig vor sich hin, während ich gerade mal ein Stück schweren, weichen Filzstoff zurechtgeschnitten hatte. Es sollte ein Umhang werden und jetzt musste ich Löcher hineinstanzen, um eine Schnur durchziehen zu können. Mit der konnte ich mich dann ja strangulieren, wenn das Gespräch mies laufen würde. Denn alles sah danach aus. Sofie stach so verbissen die Nadel in den Stoff, der auf ihren Knien lag, dass ich vorsichtshalber ein Stückchen von ihr wegrückte. Schließlich seufzte sie genauso schwer wie ich eben und gönnte mir einen knappen, verbiesterten Blick.

»Wegen vorhin, mit dem Zimmer«, begann ich mit

trockenem Mund. Ich nahm einen Schluck Apfelschorle und unterdrückte ein Rülpsen. Sofie zuliebe. Und weil Kelly schon wieder um uns herumschlich. »Sorry, dass das so blöd gelaufen ist. Ist nicht so, dass ich nicht mit dir in ein Zimmer wollte.«

»Ach ja?« Sofie blinzelte, stach aber weiter auf ihren Stoff ein.

»Ja. Ich wäre gerne mit dir in ein Zimmer gegangen.« So weit, so gut. Ich war noch bei der Wahrheit. Nun aber musste ich in die Welt der Notlügen aufbrechen. »Nur – meine Mutter hat mir in den vergangenen Tagen dauernd von ihren Klassenfahrten erzählt. Na ja, was die damals so angestellt haben. Sie hat sich mit all ihren Freundinnen zerstritten. Jede Klassenfahrt endete mit Krach und Tränen. Und danach haben sie kein Wort mehr miteinander geredet.«

Sofie hörte auf, ihren Stoff zu zerstören, und sah wieder zu mir auf.

»Echt?«, fragte sie langsam und noch etwas misstrauisch. »Und deshalb wolltest du dich gleich zu Anfang mit mir verkrachen?«

»Nein. Nein!« Ich stellte überrascht fest, dass ich bislang gar nicht übermäßig viel log. Es war zwar nur eine Klassenfahrt gewesen, in der Mama sich mit ihrer besten Freundin verkracht hatte. Und sie hatten sich rasch wieder versöhnt. Aber meine Geschichte hatte einen wahren Kern. Er beflügelte mich.

»Mama hat gesagt, dass die Streitereien nicht passiert wären, wenn sie und ihre Freundinnen nicht von jetzt auf nachher rund um die Uhr zusammengewesen wären. Nur aus diesem Grund würden Klassenfahrten oft dramatisch enden. Sodass alle heulen und streiten. Hüttenkoller.« Wie hatte Herr Rübsam vorhin geklagt? Die Erste weint schon. Also kannte er das Phänomen auch. Ich war Mama auf einmal sehr dankbar für ihre Anekdoten. Weiter, Luzie. »Ich hatte Angst, dass das bei uns auch passiert, wenn wir zusammen in einem Zimmer sind. Schau doch mal, ich bin Einzelkind, ich weiß nicht, wie das ist, wenn ständig jemand bei mir ist …«

Sofie ließ die Nadel sinken. Ihre Augen schwammen in Tränen und gleichzeitig lächelte sie.

»Ehrlich?«, hauchte sie mit bebender Stimme. Sie hörte sich an, als habe sie zehn Jahre lang Schnupfen gehabt.

Ich nickte nur. Nicken war besser als sprechen, wenn man so gnadenlos log wie ich in diesem Moment. Natürlich wusste ich, wie es war, wenn ständig jemand bei mir war. Wenn auch erst seit einigen Monaten. Nicht einmal Zwillinge waren so viel und eng zusammen wie Leander und ich. Aber wir stritten täglich. Insofern war wenigstens meine Schlussfolgerung richtig. Geflunkert, aber richtig. Streiten wollte ich mit Sofie wahrhaftig nicht.

»Ich dachte, es ist besser, wenn ich mit jemandem ein Zimmer teile, bei dem es mir egal ist, ob wir zerstritten sind oder nicht.« Das wiederum konnte ich im Brustton der Überzeugung sagen. Elena mochte mich sowieso nicht. Und ich sie erst recht nicht.

»Oh Luzie, du hast wirklich einen Knall. Einen süßen Knall«, kicherte Sofie unter Tränen und beugte sich vor, um mir einen versöhnlichen Kuss auf die Wange zu drücken. Die Nadel in ihrer Hand näherte sich gefährlich meinem Bauch, doch ich hielt still. Ich war so froh, dass sie mir meine Erklärung abnahm, dass ich sogar bereit war, innere Verletzungen zu riskieren.

»Oh, look, Seppo, they are *so* cute …«, sirrte Kellys Stimme durch die warme Frühlingsluft. Sofie und ich guckten uns an und verzogen gleichzeitig das Gesicht.

»Meinst du, die beiden fangen was miteinander an?«, fragte Sofie vertraulich.

»Keine Ahnung«, entgegnete ich kühl. »Ist mir egal. Soll er ruhig.«

Sofie erwiderte nichts mehr, doch ich spürte, dass sie mich ein paar Sekunden lang prüfend ansah. Seppos Verrat hatte ich ihr verschwiegen. Ich musste es tun, da sonst die Gefahr bestand, dass Sofie sich verplapperte. Und noch hatten die Jungs und ich unseren Pakt. Also hatte ich ihr nur gesagt, dass ich mich nicht mehr so sehr für Seppo interessieren würde, was Sofie kein bisschen verstand. Wir hätten doch auf dem Fastnachtsball so eng miteinander getanzt.

Ja, hatten wir. Und wir hatten sogar ein zweites Date fürs Kino ausgemacht. Doch damals ahnte ich nicht, dass

Seppo ein Verräter war. Es zu erfahren hatte alles anders gemacht. Der Verrat schmerzte mich immer noch. Und gleichzeitig machte mich der Gedanke, dass Kelly sich an Seppo ranschmeißen könnte, rasend. Ich wollte sie vierteilen, über die Burgmauer stoßen, sie .... oder sollte ich das alles nicht besser mit Seppo tun? Ob er auch die seltsamen Sachen in meinem Koffer gesehen hatte? Moment, der Koffer ...

»Hey, Sofie, ich muss mal aufs Klo. Kann länger dauern. Du bleibst hier, oder?«

»Klar. Soll ich dir dein Krönchen basteln? Meines ist fertig.« Ich nickte dankbar. Während mein hellgrüner Umhang immer noch auf seine Kordel wartete, hatte Sofie sich ein dunkelrotes Gewand samt Krönchen und Schürze gebastelt. An ihr würde das auch niedlich aussehen. Ich selbst hätte mir lieber eine Papiertüte über den Kopf gestülpt, als ein goldenes Pappkrönchen aufzusetzen. Billy hatte recht. Das hier war Kindergartenkram. Was hatte Herr Rübsam sich nur dabei gedacht? Mann, wir machten normalerweise Parkour. Und jetzt saßen wir bastelnd auf dem Boden und verwandelten uns in Knappe und Prinzessin.

Ich ließ Sofie alleine, täuschte vor, ins Gebäude zu gehen, und machte im letzten Moment einen Schlenker. In wenigen Minuten hatte ich den Waldrand erreicht. Oberhalb des Weges entdeckte ich ein bläuliches Flimmern, das zwischen den Bäumen herumschwirrte. Sobald ich mich näherte, wurde es griffiger, plastischer und verwandelte sich schließlich in Leander.

»Salut!«, rief er mir aufgeregt entgegen. »Ich muss dir was zeigen. Jemand in der Nähe?« Er sah sich hektisch um.

»Niemand.«

»Okay! Dann warte einen Augenblick!« Er verschwand hinter einen Busch, wo es zu rascheln und scheppern begann. Ich hörte ihn leise fluchen und es fielen ein paar Blätter und Äste zu Boden.

»Tataaaaa! En garde!« Eine Dolchspitze schoss auf mich zu. Erschrocken sprang ich zur Seite. Doch Leander stoppte im letzten Moment, schwang die Waffe elegant nach oben, steckte sie in seinen Gürtel und drehte sich mit ausgebreiteten Armen einmal um die eigene Achse. »Wie sehe ich aus?«

Ich verzichtete auf eine Antwort. Er konnte sie sich selbst am besten geben und es bestand kein Zweifel daran, dass er sich umwerfend fand. Ich wusste ohnehin nicht, was ich zu seiner Aufmachung sagen sollte. Schlapphut, ein braunes Wams aus Wildlederimitat (ohne etwas drunter natürlich), dazu seine zerlöcherten Jeans und ein langer dunkelblauer Samtumhang, der über seinen gestreckten Rücken fiel.

»Woher hast du die Waffe?« Die Jungs sollten sich Schilde aus Pappe basteln (was Billy und Serdan den Rest gegeben hatte). Von Waffen war keine Rede gewesen. Und das hier war ein Dolch. Er sah alt und verdächtig echt aus. Als hätte ihn irgendwann einmal ein echter Rittersmann durch die Luft geschwungen.

»Geliehen«, gestand Leander gleichmütig. »Die Vitrine stand offen. Als die dicke Frau putzte. Ich bring ihn morgen früh zurück! Sie hat es gar nicht gemerkt.«

»Du leihst dir ein bisschen viel aus in letzter Zeit, Leander«, sagte ich streng. »Warum hast du Mamas Epilierer in den Koffer gepackt?«

»Weil ...« Leanders Strahlen verblasste. Er deutete mit dem Daumen auf seine Brust. »Weil da jetzt auch Haare wachsen. Und ich will die nicht haben. Auf keinen Fall. Ich werde mir jedes einzelne ausreißen, an der Wurzel. Bis keine mehr kommen. Wie die Indianer es früher getan haben. Johnny Depp hat übrigens indianisches Blut ...«

»Mein Gott, Leander, die paar Haare. Ist das denn so schlimm? Musst du mich deshalb dermaßen blamieren? Das war peinlich!«

»Was ist noch mal peinlich?«, fragte Leander wissbegierig nach, ohne auf mich einzugehen. »Das fand ich das Schwierigste in Menschenkunde. Ist auch ein Gefühl, oder? Eines eurer zwecklosen Gefühle. Es steckt kein Sinn dahinter. Warum ist das peinlich, wenn du einen Epilierer im Koffer hast?«

»Nicht nur einen Epilierer. Sondern auch eine CD mit uralter Hippiemusik ...«

»Eine kleine Zugabe von Oma Anni. Die Musik mag ja alt sein, aber sie ist gut. Und man kann sie auf der Gitarre spielen. Ich kann inzwischen fast alle Songs! Wir legen sie abends auf, ich spiele und …«

»Unterhosen. Männerunterhosen«, unterbrach ich ihn scharf.

»Na ja.« Leander legte den Kopf schräg. »Ich will nicht schmuddelig werden. Wechselwäsche.«

»Und wozu bitte brauchst du Damenbinden?«

Leander lachte trocken auf. *»Ich* brauche die nicht. Aber vielleicht du. Falls du Duweißtschonwas kriegst. Siehst du mal, wie ich für dich mitdenke. Bei euch jungen Dingern ist der Zyklus noch seeeeehr unregelmäßig. Russisches Roulette sozusagen.«

Ich verstummte abrupt. Einen Moment lang wäre ich am liebsten weggelaufen, doch meine Neugierde befahl mir zu bleiben. Hatte ich das richtig verstanden? Leander hatte für mich Damenbinden eingepackt? Sie vielleicht sogar selbst gekauft (beziehungsweise geliehen)? Bei dieser Vorstellung musste ich grinsen, obwohl ich nach wie vor Fluchtgedanken hegte.

»Dann weißt du also, was Duweißtschonwas ist?«, hakte ich zögerlich nach. Leander feixte mich stolz an.

»Natürlich weiß ich, was Duweißtschonwas ist. Hab ich in der Schulung gelernt. Ich wusste nur nicht, was deine Mama mit Duweißtschonwas meint. Übrigens sagt niemand Duweißtschonwas dazu, das weißt du, oder?«

»Und was ist es?« Ich sah ihm provozierend in die Augen.

»Ihr lockt damit die Jungs an.«

Ich musste so lachen, dass ich rückwärts ins Unterholz krachte. Dornen zerkratzten meine Hände, als ich mich abfing, aber ich spürte es nicht einmal richtig.

»Oh Mann … Wir locken damit doch keine Jungs an! Was lernt ihr nur für bescheuerte Sachen in Menschenkunde?«

»Das tut ihr wohl«, rechtfertigte sich Leander beleidigt. »Ihr zeigt damit, dass ihr geschlechtsreif seid und euch von nun an befruchten lassen könnt.«

»So ein Quatsch! Kein Mädchen will das zeigen. Wir wollen es verstecken. Das soll niemand mitkriegen.« Von mir aus nicht einmal meine eigene Mutter. »Jungs wollen von diesem Thema nichts wissen, glaub mir.« Über Duweißtschonwas zu reden wäre sicher auch eine gute Methode, Serdan zu vertreiben, falls das mal notwendig war. Und zwar für immer und ewig. »Wir reden höchstens mit Freundinnen darüber.«

Leander schüttelte zweifelnd den Kopf. »Ihr Menschen könnt einem echt leidtun. Ihr macht lauter unlogische Sachen. Das ist doch wichtig und trotzdem wollt ihr nur mit Mädchen darüber reden und es vor den Jungs verstecken, damit sie es auch jaaaaa nicht mitkriegen. Dabei müssen eigentlich die Jungs das doch wissen und nicht die anderen Mädchen! Tststs. Bei uns wird es sofort der Zentrale gemeldet, wenn wir harmoniebereit sind.«

Harmoniebereit. Wahrscheinlich sprach er wieder vom Aufeinanderlegen.

»Bist du denn schon harmoniebereit?«, fragte ich und rieb mir meinen schmerzenden Bauch, in dem das Lachen immer noch vor sich hin blubberte. Leander kniff die Lippen zusammen.

»Das werde ich wohl niemals sein. Jetzt, wo ich einen Körper habe. Mich will niemand mehr. Meine sagenhaften Gene werden verkümmern.« Zornig riss er den Dolch aus seinem Gürtel und stieß ihn in die weiche Erde.

»Aber wenn dir jetzt Haare auf der Brust wachsen …« Ich stoppte mich selbst, als ich begriff, was ich da eigentlich sagen wollte. Es war sowieso überflüssig. Leander hatte nur einen Körper, wenn ich in der Nähe war. Also würde er sich tatsächlich niemals fortpflanzen. Andererseits war das vielleicht auch ganz gut so. *Eine* solche Nervensäge reichte vollkommen aus.

»Ob wir wohl heute Abend Flaschendrehen spielen?«, unterbrach Leander meine unseligen Gedankenketten. Gott sei Dank, er hatte nicht verstanden, was ich hatte sagen wollen.

»*Wir* spielen vielleicht Flaschendrehen. *Du* ganz sicher nicht. Und ich muss jetzt zu Sofie. Bring den Dolch wieder zurück, okay?« Ich hatte mich schon zum Gehen gewandt, als mir etwas einfiel. Ich drehte mich noch einmal zu Leander um, der entspannt am Baumstamm lehnte und mit dem Dolch Blätter von einem tief hängenden Ast säbelte.

»Soll ich dir etwas zu essen organisieren?« Er musste Hunger haben. Großen Hunger.

»Nicht nötig, Luzie. Ich war vorhin in der Küche. Hab die Reste von euren Tellern gegessen.«

»Bah, Leander.« Ich schüttelte mich. »Das ist eklig.«

»Ist es nicht. War nur von den Mädchen. Von den hübschen Mädchen. Also nicht von dir.«

»Ich hab ja auch alles aufgegessen«, gab ich giftig zurück und rauschte davon.

»War ein Witz, chérie! Ironie!«, schallte es hinter mir durch das Dickicht. Das mit dem Humor musste Leander noch kräftig üben. Ganz zu schweigen von Menschenkunde.

Auf dem Weg zu Sofie dachte ich darüber nach, wie ich ihm erklären sollte, was das für ein Gefühl war, wenn einem etwas peinlich war. Und warum es sinnvoll war. Doch das war schwieriger, als ich geahnt hatte. Vielleicht hatte Leander sogar recht. Manches an unseren Empfindungen war unlogisch. Verdammt unlogisch und sinnlos.

Wir spielten nicht mehr Flaschendrehen. Nach dem Abendessen waren wir so müde, dass wir uns nur noch in den Gemeinschaftsraum setzten, wo Herr Rübsam meine *Summer of Love*-CD aufgelegt und überall Teelichter angezündet hatte. Hier, kündigte er an, würden wir auch an den kommenden beiden Abenden beisammensitzen und über das sprechen, was am Tag geschehen war. Doch wir gähnten nur, anstatt zu sprechen. Sogar von Kelly kam lediglich ein einziges halbherziges »So romantic!«. Ich wollte aber auch nicht in mein Zimmer gehen, wo Elena Unordnung verbreitete, heimlich im Bad rauchte und sich in einem fort über mich lustig machte.

Außerdem war Leander nicht da. Warum war er nicht hier? Er war so scharf darauf gewesen, abends mit uns im Gemeinschaftsraum zu sitzen. Er hatte doch Gitarre spielen und singen wollen. Und nun lief seine Musik. Diesen Song hier, den hatte er gestern noch geübt. *Nights in White Satin.* Jetzt hörte ich zum ersten Mal das Original. Leander, der es schon von YouTube kannte, hatte sich darüber mokiert, dass der Sänger im Refrain ständig »And I love you« faselte, »Oooh, I lo-hooove you.« Einmal würde reichen. Doch die Melodie, gab er zu, sei schön. Stimmungsvolle Harmonien. Gut aufeinander abgestimmt. Wirkungsvoll arrangiert.

Ja, die Melodie *war* schön. Aber ich mochte den Song lieber, wenn Leander ihn sang. Er tat es klarer und weniger schwülstig. Und doch gefühlvoll. Ging das denn überhaupt? Oder bildete ich mir das ein? Er war ein Wächter – wie sollte er gefühlvoll singen können?

Ein letztes Mal ließ ich meine Augen durch den Raum schweifen. Seppo und Kelly saßen bei Herrn Rübsam und besprachen mit ihm, was sie morgen mit uns anstellen würden. Frau Dangel war schon wegen Migräne ins Bett gegangen. Serdan und Billy spielten mit unbewegten Gesichtern Skat. Todlangweilig. Sofie beugte sich mit Lena und Steffi über eine *Bravo.* Noch langweiliger. Langweiliger als todlangweilig.

Niemand bemerkte es, als ich aufstand und zu meinem Zimmer lief. Geräuschlos drückte ich die Klinke hinunter. Elena lag in ihrem Bett, das sie zur Hälfte mit einem bunten Tuch zugehängt hatte. Nur ihre Unterschenkel und Füße waren zu sehen.

»Mach das Licht aus und halt die Klappe!«, fuhr sie mich an. Ich erwiderte nichts. Was sollte ich dazu auch sagen? Ich verspürte keine Lust, mit ihr zu reden. Und das Licht war mir sowieso zu hell.

Ich duschte, putzte mir die Zähne und kletterte in meine obere Etage. Ich war so erschöpft, dass ich mich kaum mehr rühren konnte. Doch die Einsamkeit bohrte in mir und hielt mich wach. Wo war nur Leander? Ich hatte das Fenster einen Spalt weit offen gelassen, damit er reinkommen konnte. Aber fand er überhaupt einen Platz zum Landen auf dem Burgdach? Hatte er sich vielleicht verflogen? Er war ja noch nie hier gewesen. Möglicherweise irrte er im Wald herum und wusste nicht, wohin. Oder er hätte sich mit seinem blöden Dolch verletzt. Konnte ein Wächter mit Körper verbluten, während er durchsichtig war? Ich wälzte mich hin und her, bis ich plötzlich spürte, wie die Matratze am Fußende leicht nachgab.

»Leander?«, flüsterte ich instinktiv.

»Scht, chérie. Sie ist noch wach. Sie hat Heimweh.« Er kroch neben mich und schob mich zur Wand, damit er Platz fand. Sein Atem roch nach Pfefferminz.

»Elena hat Heimweh?«, formte ich mit den Lippen.

»Und wie. Na ja, was heißt Heimweh. Ihr ist das alles zu blöd hier. Weil sie schon älter ist und sich für andere Dinge interessiert. Was man verstehen kann, oder? Sie ist am falschen Platz.«

Ich kam mir auch ein wenig vor wie am falschen Platz heute Abend. Wobei es sich jetzt, in Leanders Nähe, schon etwas richtiger anfühlte. Ich muss ihn vertreiben, schwappte es nachlässig durch meinen Kopf. Er darf nicht bei mir im Bett pennen. Das kann er vergessen. Doch ich vergaß es selbst. Und schlief ein, während unsere Hände so nah beieinanderlagen, dass sie sich berührten.

Plitschplatsch

Als ich am nächsten Morgen den großen Frühstückssaal im Gewölbekeller der Burg betrat, verwandelte sich das allgemeine Kichern vom Vortag in ein angeregtes Tuscheln. Ich war die Letzte, die eintrudelte, was mir sofort einen strengen Blick von Frau Dangel einbrachte. Nun begann auch sie, mit Herrn Rübsam zu tuscheln, doch er sah mich vor allem besorgt und nicht giftig an.

Leander und ich hatten ewig lange warten müssen (ich wach, Leander dösend und summend), bis Elena das Bad freigegeben hatte. Uns blieb nichts anderes übrig, als es gemeinsam zu nutzen, und es war um einiges kleiner als das Bad bei uns zu Hause. Leander ließ sich nicht davon abhalten, ausführlich zu duschen. Ich selbst roch noch gut genug, um darauf verzichten zu können. Doch dann bekam Leander ein Problem mit seinen Haaren. Sie saßen nicht so, wie er sich das vorstellte. Er meinte, das läge an der vielen frischen Luft hier oben auf dem Berg. Ich konnte keinen Unterschied zu vorher erkennen, musste ihm aber mindestens zehn Mal versichern, dass sie cool aussahen. Cool und sexy. Was ja auch unglaublich wichtig war, wenn ihn niemand sehen konnte außer mir. Und mir war es nun wirklich schnurzegal, ob die Strähne über dem Stirnband sich nach rechts oder nach links wellte.

Doch irgendwann hatte Leander sich mit seinem Spiegelbild zufriedengegeben und wir konnten nach unten gehen. Ich ignorierte das Getuschel und sah mich suchend um – ah, gut, ganz hinten am Kopfende des Tisches hatte Sofie mir einen Platz freigehalten, netterweise gegenüber von Serdan und Billy. Seppo und Kelly saßen wieder bei den Lehrern. Doch bevor ich Seppo Hallo sagen konnte, streckte Elena ihren kettenbehangenen Arm aus und stoppte mich, indem sie ihre Krallen in meine Hand bohrte. Ich riss mich sofort los, blieb aber stehen.

»Was ist?«, fragte ich drohend. Elena war groß und kräftig, aber unsportlich. Sollte sie mich herausfordem wollen, würde sie den Kürzeren ziehen. So viel war sicher.

»Wenn du noch einmal in meinen Sachen wühlst und von meinem Haarstyling benutzt, wirst du dich nach Hause zu Mami und Papi wünschen. Jede Minute. Kapiert?« Ihre Augen hatten sich zu schmalen Schlitzen verengt.

»Deine Sachen interessieren mich nicht. Und Haarstyling hab ich nicht nötig.« Ich zog eine Strähne aus dem Turm, den sie auf ihrem Oberkopf gebastelt hatte. »Du schon.« Leander auch, dachte ich erbost, während ich weiterging. Er hatte in Elenas Sachen geschnüffelt und ihre Kosmetikprodukte ausprobiert, nicht ich. Zeit genug dafür hatte er ja.

Seppo, der sich gerade erhoben hatte, um frischen Kaffee zu holen, klopfte mir väterlich auf die Schulter. Ich beachtete ihn nicht. Warum tuschelten die anderen, wenn ich an ihnen vorüberging? Tuscheln und Kichern. Es gab kaum etwas, was ich mehr hasste. Wenn ihnen etwas nicht passte, sollten sie es mir offen sagen. Elena hatte es getan. War mir lieber als das, was jetzt hier abging.

»Gibt's keine Erdnussbutter?«, fragte ich grantig, nachdem ich mich neben Sofie gesetzt hatte. Serdan brütete mit unbewegter Miene vor einer Tasse Kaffee, während Billy sein Brötchen zentimeterdick mit Butter bestrich.

Sofie grinste mich bedeutungsvoll von der Seite an, als wüsste sie etwas, das ich nicht wusste – nein, das ich sehr wohl wusste, aber nicht sagen wollte. Ich goss mir Kaffee ein, nahm einen tiefen und viel zu heißen Schluck und knallte die Tasse so laut zurück auf den Unterteller, dass sogar Serdan zusammenzuckte.

»Warum benehmt ihr euch eigentlich alle so beknackt? Kann mir das jemand verraten?« Oh, war ich schlecht gelaunt. Und besonders gut geschlafen hatte ich auch nicht. Herr Rübsam hatte angekündigt, uns sofort nach Hause zu schicken, wenn er ein Mädchen zusammen mit einem Jungen im Bett erwischte. Und ich hatte die ganze

Nacht zusammen mit einem Jungen in einem Bett gelegen. In meinem Bett. Dass die anderen diesen Jungen nicht sehen konnten, machte für mich keinen großen Unterschied. Er war da gewesen. Ziemlich nah. Ich hatte stundenlang nicht gewagt, mich umzudrehen. Es reichte, dass unsere Hände sich dauernd berührten. Ich wollte ihn nicht noch mit meinem Hintern streifen, wenn ich mich auf die andere Seite wälzte.

Sofies Grinsen verbreiterte sich, doch sie gab mir einen sanften Stups, um mich zu beruhigen.

»Wer ist Leander?«, fragte sie leise.

Ich hatte gerade einen neuen Schluck Kaffee genommen, und ehe die anderen in Deckung gehen konnten, prustete ich ihn vor lauter Schreck wieder heraus. Billys und Serdans Gesichter waren mit tausend braunen Tröpfchen überzogen. Auch die Tischdecke, die Brötchen, die Butter – alles braun gesprenkelt.

»Was?«, fragte ich schwach. »Was hast du gesagt?«

»Le-an-der!«, skandierte Sofie flüsternd. »Wer ist Leander? Elena hat vorhin herumposaunt, dass du dich gestern Abend im Bett hin- und hergeworfen und ›Leander‹ gestöhnt hast.«

»Ich hab nicht gestöhnt!«, bellte ich – und nun sah Serdan mich so bohrend an, dass ich ihm wütend gegen das Schienbein trat. Irgendjemanden musste ich treten, sonst würde ich noch den Verstand verlieren. Serdan beschwerte sich nicht einmal. Er zog nur stumm seine Beine zurück und wischte in aller Ruhe die braunen Sprenkel von seinen Wangen. Billy aß kopfschüttelnd weiter. Samt Sprenkeln.

»Mädchen«, mümmelte er abwertend mit vollem Mund.

»Beachte die Idioten nicht«, raunte Sofie. Ja, Billy und Serdan waren für Sofie Idioten und ich konnte immer besser verstehen, warum sie das dachte. Wenn Serdan nicht bald wieder anfangen würde zu sprechen, würde er mir unheimlich werden. Aber laut Steffi hatte ihn gestern jemand telefonieren gesehen. Am öffentlichen Münzsprecher im Foyer. Und telefonieren, ohne zu reden – das ging nicht. Er konnte also noch reden. Dennoch war es mir in diesem Moment ganz recht, dass er uns gegenüber verstummt war.

»Also, wer ist Leander?« Sofie ließ nicht locker. »Ist das etwa der Typ mit den zweifarbigen Augen, von dem du mir mal erzählt hast?«

Oje. Richtig. Ich hatte Sofie in einem schwachen Moment von einem Jungen mit einem grünen und einem blauen Auge erzählt, der plötzlich weg gewesen war. Einfach verschollen. Was auch gestimmt hatte – damals war Leander verschollen gewesen und statt ihm schwabbelte Vitus über mir herum. Nun aber war Leander wieder da. Und Elena hatte mich gehört. Prost Mahlzeit. Ich blickte dumpf auf meine Knie. Es gab eine einzige Situation, in der ich nicht lügen konnte. Wenn mir jemand eine

Frage stellte, die ich nur mit Ja oder Nein beantworten konnte. Dann konnte ich nicht lügen. Das ging nicht. Ich hatte es einmal versucht und es war in die Hose gegangen. Man hatte mir aus zehn Meilen Entfernung ansehen können, dass ich schwindelte.

»Hmpf«, machte ich. »Muss wohl von ihm geträumt haben. Aber der ist Geschichte. Interessiert mich nicht mehr. Das war ein Volldepp. Total eitel und keine Ahnung von Gefühlen.«

Leander zwickte mich so brutal in die Wade, dass ich beinahe aufjaulte, doch ich verdrängte den Schmerz. Heute konnte er vergeblich auf seine Marmeladenschnitte warten. Er sollte unter dem Tisch sitzen bleiben, bis er schwarz wurde.

»Welche Jungs haben schon Ahnung von Gefühlen?«, seufzte Sofie. »Ich glaub, das ist normal.«

»Siehst du«, kommentierte Leander beifällig und drückte sich schwer gegen meine Beine. »Völlig normal.«

Nach dem Frühstück winkte Herr Rübsam mich zu sich. Er führte mich in eine der Rundbogennischen und wartete, bis die anderen auf ihre Zimmer verschwunden waren, um sich für die Ritterspiele umzuziehen, die wir gleich auf dem Burggelände absolvieren sollten. Viel kindischer als gestern konnte es kaum mehr werden. Und ich brannte darauf, mich zu bewegen.

»Luzie«, begann Herr Rübsam mit einem milden Lächeln. »Du weißt, dass deine Mutter mich gebeten hat, ein Auge auf dich zu werfen …« Er drückte seine Faust auf den Mund und schluckte ein Kaffeebäuerchen hinunter. »Nun, du bist gestern Abend sehr schnell verschwunden und auch beim Kostümebasteln warst du längere Zeit abwesend. Ich frage mich, wo …«

»Ich war auf dem Klo. Aufs Klo darf ich doch noch, oder?«

»Ja. Natürlich. Obwohl es mir lieb wäre, wenn du deine Toilettengänge auf der Rückfahrt ein wenig einschränken könntest. Und nicht alle zehn Minuten austrittst. Was Elenas private Sachen betrifft …«

»Ich habe nicht in Elenas Sachen gewühlt. Mich interessiert ihr Kosmetikkram nicht«, fuhr ich aufgebracht dazwischen.

Herr Rübsam musterte ausführlich meine dunkelroten kurzen Haare. »Tja, Luzie. Das glaube ich dir sogar. Es ist nur so, dass ich das Gefühl habe, dir liegt etwas auf dem Herzen, und wenn du …«

»Mir liegt nichts auf dem Herzen. Gar nichts.« Ich warf einen nervösen Blick zu Leander, der gemächlich zwischen den Tischreihen hindurchschlenderte und Reste von den Frühstückstellern klaubte. Herr Rübsam stand mit dem Rücken zu ihm, aber was, wenn eine von den Angestellten sah, dass eine Brötchenhälfte durch die Luft wanderte? Wir mussten abhauen, und zwar schnell. Ich drückte mich an Herrn Rübsam vorbei und kniff Leander im Vorübergehen auffordernd in die Taille.

Mampfend folgte er mir, um im Foyer wortlos links abzubiegen und nach draußen zu verschwinden.

Die Ritterspiele hätte ich locker gewonnen, wenn ich zusammen mit Seppo ein Team gebildet hätte. Aber Seppo war jetzt unser Aufseher. Er bewachte uns. Sofie fand das ungeheuer aufregend. Es müsste doch toll für mich sein, dass ich mit einem unserer Betreuer befreundet sei.

Nein, ich fand es keine Spur aufregend. Es nervte mich, dass Seppo sich nun für etwas Besseres hielt. Und es nervte mich, dass wir den ersten Platz an Serdan und Billy abgeben mussten. Sofie wollte lieber über Jungs reden, anstatt sich anzustrengen. Sie kaute mir beinahe das Ohr ab.

Angeblich war für den Abend etwas geplant. Kartenküssen und Flaschendrehen. Heimlich natürlich, ohne Herrn Rübsam und Frau Dangel. Kartenküssen kannte ich nicht. Sofie sagte, man würde sich eine Spielkarte an die Lippen kleben, indem man sie ansaugte, und dann an einen Jungen weitergeben. Man küsste also nur die Karte und nicht den Jungen. Insofern war dieses Spiel ziemlich sinnlos.

Flaschendrehen fand ich schon interessanter. Denn dabei konnte man zwischen Wahrheit und Pflicht wählen. Also musste ich nur Pflicht wählen und niemand würde mich ausquetschen können, wer Leander war und woher ich ihn kannte und warum ich nachts seinen Namen aussprach. Treffpunkt fürs Flaschendrehen und Kartenküssen war um Mitternacht im Zimmer von Marvin und Leon. Na, wo auch sonst. Die beiden waren die beliebtesten Jungs der Klasse. Sofie fand sie süß und hoffte, dass einer von ihnen sie küssen würde. Richtig, nicht mit Karte. Ich hingegen fand, dass sie sich die Haare zu tief ins Gesicht kämmten. Das sah bescheuert aus. So schräg über den Kopf in die Stirn hinein wie Justin Bieber. Und sie hielten stets den Kopf schief und leicht gesenkt, damit die Frisur nicht verrutschte. Wehe, man sah ein Stück von ihrer Stirn. Ein ernsthaftes Problem bekamen sie, wenn es stürmte. Schon ein leichter Wind reichte aus, um sie in Stress zu versetzen. Ich konnte ihnen das ansehen. Sie benahmen sich, als sei ihre Stirn ihr nackter Hintern.

Aber ich war zu neugierig, um nicht bei diesem Mitternachtstreffen dabei sein zu wollen. Ich musste dabei sein. Denn wenn Sofie die Wahrheit erzählte, würden sogar Seppo (und Kelly) zu uns stoßen. Die wiederum darauf aufpassen wollten, dass kein Alkohol getrunken wurde. Doch auch zu diesem Thema schwirrten mittlerweile die ersten Gerüchte herum. Irgendjemand hatte es geschafft, Bier und Wodka in die Burg zu schmuggeln. Diese geheimen Vorräte sollten aber erst am dritten Abend ausgepackt werden. Ebenfalls im Zimmer von Marvin und Leon.

Nach dem Mittagessen wurde es so warm, dass Herr

Rübsam und Frau Dangel uns erlaubten, das Burgschwimmbad zu benutzen. Leander hatte sich seit dem Frühstück nicht mehr blicken lassen und ich war ihm dankbar dafür. Er sollte im Wald seine eigenen Ritterspiele veranstalten. Beschwingt flitzte ich auf mein Zimmer, wo Elena sich wieder hinter ihren Tüchervorhang verzogen hatte und lautstark in einer Zeitschrift blätterte, und schlüpfte in meinen Badeanzug.

Zusammen mit Sofie lief ich zum Schwimmbad, das sich unterhalb der Jugendherberge auf dem Burggelände befand – direkt neben den zerfallenen Mauerruinen. Gleichzeitig blieben Sofie und ich stehen. Ich, weil ich sehnsüchtig auf die Mauern schaute und mir einen genialen Sommerrun ausdachte, und Sofie, weil – ja, warum eigentlich?

»Wow. Hättest du damit gerechnet?« Sie lächelte versonnen und ihr Mund stand leicht offen.

»Was denn?«

»Na, da drüben. Serdan. Der sieht ja … hm … gar nicht schlecht aus«, führte Sofie ihren Satz mit unverhohlener Bewunderung zu Ende. »Und gar nicht mehr wie vierzehn, oder?« Ich riss mich von den Ruinen los und folgte ihren Blicken. Oh. Serdan saß in engen schwarzen Shorts und schwarzer Sonnenbrille am Beckenrand und regte sich nicht. Selbst von hier oben konnte man die Schatten sehen, die seine Muskeln an Bauch und Armen warfen. Und ja, er hatte einen Schuss gemacht. Sofies

Augen klebten an ihm. Mich wunderte seine gute Figur kaum, denn er schonte sich nie beim Training. Korrektur. Er *hatte* sich nie geschont. Dazu machte er jeden Tag Breakdance bis zum Umfallen (im wahrsten Sinne des Wortes). Und Sit-ups wie Leander und ich.

Seppo jedoch hatte kleine, weiche Fettpölsterchen an seiner Hüfte entwickelt. Dass Billy rund und gemütlich war, schockte mich nicht. Seppos Hüftpölsterchen jedoch schon. Kelly – gebräunt und in einem knappen Bikini – wandelte gerade den Beckenrand entlang, als befände sie sich auf dem Laufsteg. Und verdammt, sie steuerte Seppo an. Mit einer Flasche Sonnenmilch in der Hand. Er schaute hoch. Lächelte ihr entgegen. Setzte sich auf. Zog den Bauch ein …

Doch dann passierte etwas, was Kelly und Seppo und Serdan Supermann vollkommen nebensächlich werden ließ. Nein, bitte nicht, dachte ich noch, doch ich irrte mich nicht. Meine Augen weiteten sich vor Entsetzen. Ein blau schimmernder Schatten näherte sich dem Schwimmbad, wurde plastischer, deutlicher, konturierter, verwandelte sich in einen viel zu lebensechten Jungen. Einen Jungen ohne Badehose. Nackt. Einen nackten Jungen, der sich nun mit Begeisterung in das aufgewühlte Schwimmbadwasser stürzte, direkt neben Marvin, der gerade Lena untertunkte.

»Nein!«, brüllte ich, ließ meine Tasche fallen und rannte auf den Pool zu. Kelly rempelte ich grob zur Seite.

Strauchelnd und kreischend versuchte sie, sich an mir festzuhalten, doch ich schüttelte sie ab. Mit entsetzt aufgerissenen Augen, in der rechten Hand immer noch das Sonnenöl, kippte sie rückwärts in das Becken. Ich hechtete ihr kopfüber hinterher und kraulte prustend zu Leander hinüber.

Hinter mir begann Kelly gellend zu schreien.

»Help! Please help! Hilfe!«

In meinem Rücken gab es einen gewaltigen Platsch und ich sah aus den Augenwinkeln, wie Seppo aus dem wirbelnden Wasser auftauchte. Mit geübtem Griff zog er die strampelnde Kelly zu sich und bettete ihren Kopf an seine Schulter. Vor mir schnellte Leanders klitschnasser Kopf in die Höhe. Na klasse. Sein Stirntuch trug er, aber keine Hose. Eifrig sah er sich um und wollte hilfsbereit zu Kelly hinübergleiten, doch ich schlug so wild um mich, dass er ausweichen musste. Mein Fuß traf Kellys Oberarm. Schon wieder gellte ihr Kreischen durch die Luft.

»Mensch, Luzie, hör schon auf mit dem Mist, sie kann nicht schwimmen!«, schrie Seppo.

»Hau ab!«, brüllte ich. Und meinte Leander, nicht Seppo. Doch das wusste niemand außer mir. Erstaunt blickte Seppo mich an. »Hau sofort ab! Sofort, sonst schlag ich dich tot, ich schwöre es dir!«

Das Rufen und Johlen um uns herum erstarb. Alle starrten zu uns. Ich ließ mich hinabsinken, schwamm mit geöffneten Augen unter Wasser zur Leiter, stieg aus, schnappte mir zwei Handtücher und eilte Leander hinterher, der sichtlich eingeschnappt dem Wald entgegenstapfte. Splitternackt. Mal wieder. Das musste aufhören. Ich musste ihm endlich beibringen, dass er das bleiben lassen sollte.

Danach konnte Herr Rübsam mich immer noch nach Hause schicken. Und Seppo konnte mich für alle Ewigkeit hassen.

Weil die arme, arme Kelly wegen mir beinahe abgesoffen war.

Kleidervorschriften

Es war gar nicht so einfach, Leander zu folgen, ohne ihn dabei anzusehen. Ab und zu kam ich nicht drum herum, weil er völlig unberechenbare Schlenker nach rechts und links machte, und versuchte dann angestrengt, nur auf seine Füße und nicht auf seinen nackten Hintern zu schauen.

Auf einer kreisrunden, schattigen Lichtung kam er endlich zum Stehen und lehnte sich rücklings an einen Baum, die Arme verschränkt, das Kinn erhoben. Ich warf ihm das kleinere der beiden Handtücher zu.

»Wickel es dir um!«, rief ich ihm entgegen und lief nicht weiter, bis er sein Werk vollendet hatte. Erst als ich mir sicher war, dass er es ordnungsgemäß um seine Hüften gebunden hatte, schloss ich zu ihm auf. Er war unverkennbar gekränkt – schwer gekränkt.

»Ich wollte sie retten«, bemerkte er verschnupft, bevor ich etwas sagen konnte.

»Nein, Leander. Du wolltest erst schwimmen gehen. Und dann ist Kelly zufällig ins Wasser gefallen …«

»Nicht zufällig«, widersprach er gehetzt. »Du hast sie hineingestoßen. Biest!«

»Es war ein Versehen! Das ist nur passiert, weil ich dich davon abhalten wollte, splitterfasernackt zwischen meinen Klassenkameraden herumzuschwimmen! Und weil ich dich so nicht sehen will, kapiert?«

»Findest du mich etwa hässlich?« Leander bedachte mich mit einem tiefen, forschenden Blick. Es war die Sorte von Blick und dazu noch die Art von Fragen, die mir das Lügen schwer machten. Ich wickelte mich schlotternd in das große Handtuch. Mein Badeanzug troff vor Nässe und ein kühler Wind strich durch das Unterholz.

»Nein«, antwortete ich widerstrebend. »Dein Gesicht ist ganz okay. Und der Rest – ähm. Auch. Aber ich will dich nicht nackt sehen.«

»Warum nicht?«, fragte er sachlich.

»Oh Leander, niemand will das!«, brauste ich auf. »Renne ich etwa nackt rum? Oder meine Klassenkameraden? Geht Herr Rübsam nackt schwimmen?« Diese Vorstellung war so ungeheuerlich, dass ich mich schüttelte. Auch Leander verzog pikiert den Mund.

»D'accord, Monsieur Rübsam will ich nicht nackt sehen. Madame Dangel übrigens ebenfalls nicht. Doch es bestehen gewisse Unterschiede zwischen ihm und mir. Außerdem friere ich nicht. Deshalb weiß ich nicht, warum du dich so aufregst!«

»Hä?« Ich kapierte gar nichts mehr.

»Ich brauche keine Badehose«, erklärte Leander ungeduldig. »Ich friere nicht.«

»Oh Mann, wir tragen doch keine Bikinis und Badehosen, weil wir frieren – oder meinst du, das nasse Zeug hält einen warm?« Ich war der beste Beweis dafür, dass das nicht so war. Mein Schlottern verstärkte sich mit jeder Sekunde. Bibbernd rubbelte ich meine Arme und Beine trocken. Leander tippte sich mit dem Zeigefinger an seine Nasenspitze.

»Dann verstehe ich nicht, warum ihr euch im Schwimmbad etwas anzieht. Nackt schwimmt es sich viel besser. Und Luzie, ich möchte dich daran erinnern, dass du als Kind sehr gerne nackt gebadet hast und nackt im Garten von Anni herumgelaufen bist. Einmal bist du sogar nackt auf die Straße gerannt, weil du dem großen grünen Traktor hinterhersehen wolltest, und es hat dich nicht gekümmert …«

»Weil Kindern das egal ist«, setzte ich seinen Ausführungen ein jähes Ende. Es war mir gar nicht recht, dass er so was noch wusste. Schluss mit Kindheitserinnerungen. »Ich bin kein Kind mehr. Mir ist das nicht egal. Ich will nicht, dass du oder andere mich nackt sehen. Und ich will dich nicht nackt sehen müssen. In Ordnung?«

Leanders Brauen hoben sich fragend. »Ich verstehe immer noch nicht, warum. Wenn deine Eltern in die Sauna gehen, sind sie auch nackt. Und dann ist es okay«, sagte er bockig. »Bei mir ist es nicht okay. Dabei bin ich ganz gut gelungen, finde ich.«

Ich presste meine kalten Hände gegen die Stirn und schwieg einige Sekunden. Himmel, Arsch und Zwirn, wie sollte ich ihm das nur erklären? Und warum war das eigentlich so – warum wollten wir uns gegenseitig nicht nackt sehen? Obwohl Sofie und ich Serdan vorhin angestarrt hatten, als wäre er ein Außerirdischer? Und ich Seppos Speckansätze ins Visier genommen hatte? Alles nackte Haut. Trotzdem wollte ich die beiden nicht komplett nackt sehen.

»Aber wenn ihr Menschen Bubu macht, dann …«, dachte Leander laut weiter.

»Ich mache kein Bubu!«, brüllte ich und musste im gleichen Moment lachen, weil das so bescheuert klang. »Noch nicht. Und ja, dabei sind Menschen meistens nackt. Aber jetzt bin ich vierzehn und ich will Jungs nicht nackt sehen. Jedenfalls nicht untenrum und nicht, ohne vorher gefragt zu werden.«

»Na gut«, murrte Leander. »Dann frage ich dich eben das nächste Mal.«

»Ich werde Nein sagen«, entgegnete ich erschöpft. »Wir werden außerdem weder zusammen in die Sauna gehen noch irgendetwas anderes tun, bei dem man nackt sein muss. Merk dir das. Es gibt keinen Grund, dich in meiner Gegenwart auszuziehen.«

»Außer beim Duschen«, erinnerte mich Leander gewissenhaft.

»Ja. Aber da gucke ich nicht hin. Ich weiß, was passiert, und kann mich rechtzeitig zur Wand drehen. So, und jetzt will ich mich umziehen und …«

»Moment, Luzie.« Leander griff nach meinem Handtuchzipfel, um mich zu stoppen. Ich spürte die Wärme seiner Haut und erschauerte. Mir war so kalt und Leander war eine solch vortreffliche Heizung. Aber er hatte fast nichts an. Ich musste weiterfrieren.

»Was ist denn jetzt noch?«

»Das mit den Kleidervorschriften und so – das hat doch alles mit eurer Liebe zu tun, oder? Denn ihr werdet erst so, wenn ihr in die Pubertät kommt. Und die Pubertät ist die Zeit, in der ihr euch das erste Mal verliebt. Dann ist es also ein Teil eurer Krankheit, dass du mich nicht nackt sehen willst? Was wieder unlogisch ist, denn gerade dann müsstet ihr euch nackt sehen wollen. Aber Krankheiten sind wohl nicht logisch.«

»Liebe ist keine Krankheit. Das hab ich dir schon x-mal gesagt.«

Leander lachte amüsiert auf. »Das denkt ihr Menschen. Aber ihr seht euch ja nicht, wenn ihr verliebt seid. Ihr benehmt euch absolut widersprüchlich, übertrieben und albern. Ihr macht lauter Sachen, die ihr sonst nie tun würdet. Ihr esst kaum noch und schlaft kaum noch, seid völlig unkonzentriert, baut Unfälle, versalzt euer Essen, manchmal lügt ihr auch oder unternehmt teuflisch gefährliche Dinge, um auf euch aufmerksam zu machen – wie du bei Seppo. Parkour und so.«

»Ich hab nicht Parkour gelernt, um Seppo zu beeindrucken!«, erwiderte ich scharf.

»Oh doch.« Leander zeigte mir grinsend sein Grübchen. »Ab und zu hast du das getan. Du hast dich fast umgebracht dabei. Und das soll keine Krankheit sein? Pah!«

»Liebe ist etwas Schönes. Keine Krankheit«, beharrte ich leise. »Es fühlt sich toll an.«

»Warum singt Elvis Presley dann von Fieber? Fever – I'm on fire, fever all through the night«, summte Leander und wackelte kurz mit den Hüften. Sein Handtuch geriet ins Rutschen, doch er fing es glücklicherweise im letzten Moment auf und steckte es wieder fest. »You give me fever …«

»Hör auf zu singen! Ja, von mir aus. Kann sein, dass es sich manchmal wie Fieber anfühlt. Aber es ist ein schönes Fieber.« Ich dachte sehnsüchtig an früher zurück, als Seppo mich noch nicht verraten hatte, wir noch Parkour machten und Kelly noch in den USA war. Mir war auch warm geworden, wenn Seppo in meiner Nähe gewesen war. Meine Wangen hatten geglüht. Und Hunger hatte ich ebenfalls keinen gehabt.

Jetzt lastete nur noch ein kalter, wütender Kloß in meinem Bauch, sobald Seppo mir zu nahe kam. Und gleichzeitig wollte ich Kelly die Augen auskratzen, wenn sie ihn bewundernd anstrahlte und er zurückstrahlte. Gerade eben hatte ich ihr einen weiteren Grund verschafft, Seppo anzuhimmeln. Er hatte sie gerettet. Ich war so doof. Nein, nicht ich. Leander war doof. Doch der war sich keiner Schuld bewusst, sondern setzte zu neuen Schlussfolgerungen an.

»Tja. Pech für mich. Dann werde ich wohl nie merken, ob ich verliebt bin oder nicht. Ich hab immer Fieber.« Er strich sich gedankenverloren über seine nackte Brust. Seine Kettenanhänger klirrten melodisch. »Woran merkt man denn sonst noch, dass man verliebt ist?«

Ich schwieg erneut. Ja, woher wusste man das so genau? War Seppo schon dabei, sich in Kelly zu verlieben – und wie fühlte er sich dabei? Ich seufzte zitternd auf. Ich konnte nicht nachdenken, wenn ich so fror wie jetzt. Ohne mich anzusehen, zog Leander das Handtuch von meinem Rücken, hängte es sich eine Weile über die Schultern und gab es mir wieder zurück. Es war angenehm warm geworden. Dankbar schmiegte ich es gegen meinen kalten Leib.

»Ich glaube, man merkt es erst so richtig, wenn man einen Jungen küsst und dabei ein gutes Gefühl im Bauch hat«, murmelte ich wie zu mir selbst. Ich hatte noch nie einen Jungen geküsst. Ich hatte eine Menge Abenteuer mit Jungs erlebt. Ich war täglich mit Jungs zusammen. Aber noch nie war einer von ihnen auf die Idee gekommen, mich zu küssen. Klar, Seppo hatte mir schon mal einen oder zwei Schmätzer auf die Wange gegeben. Und wenn Vitus nicht gewesen wäre, hätte er mich beim Fastnachtsball vielleicht sogar auf den Mund geküsst. Vielleicht. Allerdings hatte er nach Knoblauch gerochen. Und ich hätte lieber einen ersten Kuss ohne Knoblauch.

»Ja, es muss wohl so sein. Man merkt es beim Küssen. Ob es stimmt. Ob man tatsächlich verliebt ist«, bekräftigte ich. Musste ich Seppo also küssen, um es zu wissen? Dann hatte ich heute Abend eine gute Gelegenheit, das herauszufinden. Flaschendrehen. Ich wollte nur Pflicht nehmen. Nicht Wahrheit. Möglicherweise würde mich jemand dazu zwingen, Seppo zu küssen.

Wie aus dem Nebel schaute ich zu Leander hoch, dessen Augen an meinen Lippen hingen. Doch sein Blick war zweifelnd. Irritiert schüttelte er den Kopf. »Man weiß es also erst, wenn man den anderen küsst. Und vorher fühlt man gar nichts? Man muss erst küssen?«

Aber ich hatte mich schon umgedreht, ließ Leander stehen und marschierte zur Burg zurück. Ich war in Gedanken bei heute Abend. Wenn jetzt auffiel, dass ich wieder abwesend war, würde es doppelten Ärger geben. Herr Rübsam würde sich noch stärker an meine Fersen heften, als er es ohnehin schon tat. Dann konnten wir das heimliche Treffen bei den Jungs vergessen.

Und ich hatte sowieso etwas gutzumachen. Kellys Beinaheertrinken. Ich musste mich sofort entschuldigen, bei allen Beteiligten. Auch bei Seppo.

Nicht weil es mir leidtat. Sondern weil ich ihn heute Abend endlich küssen wollte.

WAHRHEIT ODER PFLICHT

»Also echt, Luzie. Das war vielleicht eine Szene …« Sofie blickte mich von der Seite an, als könne sie sich nicht entscheiden, ob sie mich bewundern oder sich vor mir fürchten sollte. Herr Rübsam saß in sich zusammengesunken auf dem Burghofmäuerchen und raufte sich seine wenigen Haare. Er hatte erst Frau Dangel gebeten, uns alleine zu lassen – sie schrie nur schrill herum und redete davon, mich auf der Stelle nach Hause zu schicken, was Herr Rübsam jedoch nicht wollte (vermutlich weil er dann meine Mutter sehen würde) –, und dann Sofie zu uns geholt. Er hoffte bestimmt, sie könne ihm erklären, was in mich gefahren war.

Und was tat sie? Plauderte unverblümt aus, dass ich in Seppo verknallt und wahrscheinlich eifersüchtig gewesen sei. Auf Kelly. Mein »Stimmt nicht« und »Bin nicht eifersüchtig« hörte Herr Rübsam gar nicht mehr. Seit dem Wörtchen »verknallt« war er nur noch damit beschäftigt, sich die Haare auszureißen und ab und zu bekümmert vor sich hin zu jammern.

»Ich wollte Kelly nichts tun«, sagte ich laut in Herrn Rübsams Seufzen hinein.

»Himmel Herrgott, Luzie, das weiß ich doch!«, stöhnte er auf. »Aber du musst lernen, dein Temperament zu zügeln! Denn du hättest sie damit beinahe umgebracht. Versehentlich.«

»Hab ich nicht. Sie musste nicht mal Wasser spucken.« Im Gegensatz zu Kelly war ich nämlich schon zwei Mal beinahe ertrunken – einmal in einem eiskalten Bach. Ich kam nur heil wieder heraus, weil sich im letzten Moment ein dicker Ast unter meine Arme geschoben hatte, an dem ich mich festhalten konnte. Anschließend hatte ich Wasser gespuckt, und zwar nicht zu knapp.

»Außerdem hätte Kelly im Becken stehen können, wenn sie mal ihre Beine ausgestreckt hätte. Lang genug sind die ja«, verteidigte ich mich und stellte fest, dass ich wirklich eifersüchtig klang. Eifersüchtig und uneinsichtig. »Ich entschuldige mich bei ihr, okay? Und ich bin nicht in Seppo verknallt.«

Herr Rübsam schüttelte den Kopf, ohne aufzusehen. Dann brummelte er etwas, was so klang wie »Sie wird mich töten«, und ich war mir sicher, dass er damit meine Mutter meinte. Über die wollte ich jetzt aber nicht reden.

Sofie zupfte bedeutsam an meinem Ärmel, und ehe ich verstehen konnte, was sie mir damit sagen wollte, stand Seppo neben uns. Zu meiner Erleichterung lauerte ein Schmunzeln in seinen Mundwinkeln. Na, er hatte ja auch gut lachen. Er war nun Kellys großer Held und Lebensretter.

»He, Katz, was ist denn in dich gefahren? Warum schreist du mich so an? Und wieso hast du Kelly …?«

»A: Ich habe nicht gewusst, dass Kelly nicht schwimmen kann. Stand ja nicht auf ihrem Bikini, oder?«, unterbrach ich ihn giftig. »B: Ich hab nicht dich angeschrien, sondern …« Ich stockte. Ich hatte keine Ahnung, was Punkt C sein sollte (und eine Aufzählung ohne C war lächerlich), aber noch weniger wusste ich, wie ich meinen Kopf aus der Schlinge ziehen konnte. Denn wen sollte ich statt Seppo gemeint haben mit »Hau ab«? Niemand hatte mir einen Grund gegeben, derart sauer zu werden. Jedenfalls niemand, den man sehen konnte. Doch Herr Rübsam kam mir zuvor – wahrscheinlich weil Seppo Anstalten machte, mir besänftigend über die Wange zu streichen.

»Gut, fassen wir zusammen. Luzie wusste nicht, dass Kelly nicht schwimmen kann, es ist nichts passiert, Kelly ist wohlauf und ich werde ausnahmsweise ein Auge zudrücken. Giuseppe, kannst du bitte Elvira, äh, Frau Dangel und Kelly bitten, in den Gemeinschaftsraum zu kommen? Wir wollen den morgigen Tag besprechen. Und du, Luzie …« Herr Rübsam versuchte, mich drohend anzublicken, doch er sah allenfalls zerknirscht aus. »Du hältst dich für den Rest der Klassenfahrt am besten an Sofie. Sofie, kümmerst du dich um Luzie?«

Sofie nickte begeistert. »Kein Problem. Mach ich gerne.« Ich glaubte ihr das aufs Wort.

»Musstest du gleich alles ausplaudern?«, fragte ich sie vorwurfsvoll, als Herr Rübsam und Seppo uns allein gelassen hatten. »Ich bin doch gar nicht mehr – ach, ich weiß nicht.« Ich stampfte genervt mit dem Fuß auf. Lena und Steffi liefen flüsternd an uns vorüber und bedachten Sofie mit einem mitleidigen Blick. Wahrscheinlich ging es um mich. Arme, arme Sofie – jetzt musste sie sich auch noch mit der bekloppten Luzie abgeben.

»Ach, komm, Luzie, es reden doch sowieso schon alle darüber. Natürlich warst du eifersüchtig, weil Seppo Kelly so angestrahlt hat. Das hat doch ein Blinder gesehen.«

Ich gab auf. Vielleicht war es besser, für eifersüchtig als für verrückt gehalten zu werden. Und die ganze Situation war so kompliziert, dass mir nicht einmal gute Lügen einfielen. Zu gerne hätte ich Sofie erzählt, dass ein nackter Junge durch den Pool geschwommen war und ich ihn hatte vertreiben wollen. Jeder hätte das verstanden. Aber nun redete alle Welt davon, dass ich in Seppo verliebt und eifersüchtig war. Für einen Moment lang wünschte ich, Frau Dangel hätte sich durchgesetzt und ich würde schon im Bus nach Hause sitzen.

Leander hatte ich seit unserem Gespräch im Wald nicht mehr gesehen. Vielleicht dachte er ja darüber nach, was Schamgefühl war. Schaden würde es ihm nicht.

Beim Abendessen im Burgkeller herrschte eine spürbar aufgeputschte Stimmung. Etliche kleine Grüppchen tuschelten und kicherten miteinander, einige Mädchen bekamen Lachanfälle, dann wieder war es für ein paar Sekunden unnatürlich ruhig. Bestimmt alles meinetwegen.

Ich war fast ebenso still wie Serdan und schaufelte stumm die belegten Brote in mich hinein. Seppo saß mit Kelly und den Lehrern am anderen Ende des Tisches, was Herrn Rübsam aber nicht wesentlich zu beruhigen schien. Seine Augen klebten unaufhörlich an mir.

Ich entspannte mich erst, als wir im Gemeinschaftsraum zusammenkamen, Herr Rübsam die Teelichter angezündet und die Deckenlampe ausgeschaltet hatte. Zum ersten Mal während meiner Schulzeit war ich froh, dass er die Gitarre auspackte. Wenn wir sangen, konnte wenigstens nicht getuschelt werden. Und das schummrige Licht verhinderte, dass ich mich zu sehr beobachtet fühlte.

Wie die anderen setzte ich mich im Schneidersitz auf den Boden – etwas abseits neben dem Fenster in eine Ecke. Sofie folgte mir. Überall lagen Decken und Matratzen herum, doch mein Gesicht glühte und ich genoss die Kühle des nackten Steinbodens unter mir. Ich schloss für einen Moment erleichtert die Augen und sackte mit dem Rücken gegen die Wand. Durch meine geschlossenen Lider nahm ich wahr, dass es neben mir plötzlich dunkler wurde. Ein warmer Lufthauch traf meine Haut. Sofie, die zu meiner Rechten saß und schwer ihren Kopf gegen meine Schulter lehnte, erschauerte.

»Weißt du, was ich denke? Dass irgendjemand gerade gestorben ist, wenn Kerzen ausgehen, obwohl kein Wind weht«, flüsterte sie mir ins Ohr. »Wie eben.«

Nein. Da war niemand gestorben. Dessen war ich mir sicher. Denn das Wärmegefühl blieb und legte sich sanft über meinen nackten Unterarm und meinen Hals. Nun erschauerte auch ich. Keine Toten. Sondern ein übereifriger Schutzengel, samt Gitarre, die jetzt zu klimpern begann, zeitgleich mit Herrn Rübsams grobem Geschrubbe. Wenigstens hielt die Musik Leander davon ab, auch alle anderen Kerzen auszupusten wie damals an Weihnachten, als Mama beinahe den Verstand verloren hatte wegen Leanders unnötiger Löschaktionen.

Herr Rübsam hatte uns schon heute Mittag damit gedroht, dass wir einige Songs von »Luzies Hippie-CD« singen und dabei unser Englisch aufpolieren würden. Auch das hatte die Hälfte der Klasse zum Kichern veranlasst. Leander hingegen musste glückselig sein, denn genau so hatte er sich das vorgestellt. Sofie raschelte mit dem Textblatt.

»All the leaves are gone …«, sang sie inbrünstig, aber ähnlich falsch wie Herr Rübsam.

»And the sky is grey …«, antwortete Leander melodisch. Wie immer, wenn ich seine leicht raue Stimme hörte, konnte ich spüren, dass sich die feinen Härchen in meinem Nacken aufstellten.

»California dreaming«, schmetterten alle außer mir

und Serdan. »On such a winter's dääää … ayyyyy!« Ich versuchte, mich auf Leander zu konzentrieren und auf nichts anderes, nicht auf das Gekrächze von Herrn Rübsam oder Seppo und Kelly, die sich gemeinsam über ein Notenblatt beugten.

Beim Song *Kaspar Hauser* aus Herrn Rübsams *Mundorgel* fing Sofie an zu schniefen (»Das ist sooo traurig.«) und Leander lauschte aufmerksam, anstatt mitzusingen. Ich öffnete widerwillig meine Augen, die ich gerade wieder geschlossen hatte, weil sie ja doch andauernd zu Seppo und Kelly wanderten. Leanders Unterarme ruhten entspannt auf der Gitarre, doch sein Blick war weit weg – als würde er in seine Vergangenheit blicken. Worüber dachte er nach? Auch er wirkte traurig. Nein, das geht nicht, korrigierte ich mich. Er ist ein Wächter. Er weiß nicht, was das ist. Traurigsein. Er sieht nur so aus. Das ist alles. Doch ich glaubte kaum, was ich mir da zu sagen versuchte.

Kurz bevor Herr Rübsam und Frau Dangel uns auf unsere Zimmer scheuchten (»Nachtruhe, Mädchen und Jungen!«), verschwand Leander. Ich merkte es als Erstes daran, dass ich zu frieren begann. Ob er nun mit den anderen Wächtern draußen herumschwirrte? Machten sie gemeinsame Freiflüge? Wahrscheinlich waren die übrigen Wächter schon aufgebrochen, sonst hätte er sich wohl kaum so ungezwungen zu uns gesetzt und mitgesungen. Wie damals an Weihnachten in der Kirche.

Doch ich fror auch, weil ich völlig übermüdet war. Meine Knochen fühlten sich schwer an wie nach einem besonders harten Parkourtraining und ich musste im Minutentakt gähnen.

»Ich wecke dich nachher, okay?«, raunte Sofie mir zu, als wir uns zwischen unseren Zimmertüren Gute Nacht sagten.

»Hmhm«, machte ich und gestattete es, dass sie mir ein Küsschen auf die Wange drückte. Ohne Elena zu beachten – sie hatte sich hinter ihren Tüchern verschanzt –, schwang ich mich angezogen nach oben auf mein Bett und schlummerte sofort ein. Um Mitternacht war es so weit. Sofies Klopfzeichen ertönte. Verschlafen tapste ich ihr hinterher. Zielsicher, aber mit dem Finger vor dem Mund und auf Zehenspitzen, führte sie mich zum Zimmer von Marvin und Leon.

Drinnen blieb ich eine Weile gähnend stehen, um mich in Ruhe umzusehen. Die Luft war stickig und es roch nach Rauch. In der Ecke am geöffneten Fenster saßen Billy und Serdan und spielten Skat. Doch auf dem Boden zwischen den Betten kauerten schon Marvin, Leon, Jonas, Lena, Ann-Kristin, Seppo und Kelly, in ihrer Mitte eine leere Colaflasche. Sofie stupste Lena zur Seite und quetschte sich dazwischen.

»Komm schon, Luzie!«, forderte sie mich auf und klopfte auf das Linoleum. Seppo blickte zu mir hoch.

»Du solltest eigentlich nicht hier sein«, bemerkte er.

»Du auch nicht«, entgegnete ich kühl. Kelly schien mich seit heute Nachmittag nicht mehr ganz so »cute« zu finden, obwohl ich ihr vor dem Essen die Hand gegeben und »Sorry« gesagt hatte. Sie sah durch mich hindurch und rückte noch ein Stückchen näher zu Seppo, obwohl sie wirklich Platz genug hatte. Ich schlenderte rüber zu Billy und Serdan.

»Macht ihr nicht mit?«

»Nö«, erwiderte Billy kurz angebunden, ohne aufzusehen. Ich gab Serdan einen Klaps auf den Hinterkopf, doch auch das ermunterte ihn nicht zu reden.

»Langweiler«, grollte ich, kehrte zurück zum Sitzkreis und ließ mich neben Sofie auf den Boden sinken. Marvin hatte sich schon die Flasche gegriffen und begann, sie zu drehen. Und natürlich zeigte die Öffnung auf mich. Auf wen auch sonst.

»Pflicht«, forderte ich, bevor mich jemand danach fragen konnte. Lena grinste amüsiert.

»Okay, mal sehn …«, überlegte Leon und ließ seine Augen über die kleine Runde streichen. »Was könnte Luzie denn für uns tun …«

Das Blöde war wohl, dass ich schon ziemlich viele verrückte und peinliche Sachen getan hatte. Und zwar ganz freiwillig. Es war schwer, das zu steigern. Die anderen beratschlagten flüsternd, während ich abseits auf das Ergebnis warten sollte. Nach wenigen, viel zu langen Minuten einigten sie sich.

»Du musst Serdan am Ohr knabbern«, verkündete Marvin mit gesenkter Stimme. Lena und Ann-Kristin prusteten los, als hörten sie das zum ersten Mal. Dabei hatten sie es sich doch eben selbst zusammen ausgedacht.

»Knabbern?« Ich sah Marvin stirnrunzelnd an. »Mann, ist das beknackt.«

»Hast du Schiss?« Sieben Augenpaare ruhten auf mir. Nein, ich hatte keinen Schiss, auch wenn Serdan es sicherlich nicht komisch finden würde, wenn ich auf einmal an seinem Ohr herumkaute. Aber Seppo hatte vor einigen Monaten auffällig argwöhnisch reagiert, als ich erwähnte, dass Serdan mir eine Mail geschickt hatte. Nicht nur argwöhnisch, sondern möglicherweise auch eifersüchtig …

Ich stand wortlos auf, lief zu Serdan herüber, beugte mich vor und nahm sein Ohr zwischen meine Zähne. Es schmeckte seifig. Ich biss kurz zu – eher zart als fest – und ließ wieder los. Serdan rührte sich nicht. Ohne den Blick von seinen Karten abzuwenden, zog er zwei heraus und warf sie auf den Tisch.

»Och nee, der gewinnt immer«, meckerte Billy. »Scheißdreck. He, geh mir mal aus dem Licht, Katz, ich seh nix mehr …«

Tja, so sind sie eben, meine Jungs, dachte ich aufatmend. Man musste ihnen schon einen Felsbrocken auf den Schädel schmeißen, um auf sich aufmerksam zu machen. Doch als ich mich umdrehte, um zurück in den Kreis zu gehen, entdeckte ich eine feine Gänsehaut auf Serdans dunklem Nacken.

Meine zweite Pflichtübung – nur drei Runden später – bestand darin, zu Elena zu stürmen und ihr zu sagen, dass ich sie lieb hatte. Idiotisch. Ich machte es trotzdem. Sie reagierte ähnlich wie Serdan – eigentlich gar nicht. Doch der Blick, den sie mir zuwarf – sie stand gerade am Fenster und rauchte –, war vernichtend. Und irgendwie verstand ich sie. Das war Kinderkram, was wir da machten. Wann endlich würde mir jemand befehlen, Seppo zu küssen? Oder ihn wenigstens am Ohr zu knabbern. Auch wenn ich immer noch nicht wusste, wozu das gut sein sollte.

Doch bei der nächsten Runde zeigte der Flaschenhals auf Seppo. Und er wählte Wahrheit. Mein Herz schlug höher. Lena musste ihm eine Frage stellen – und er war verpflichtet, sie ehrlich zu beantworten. So waren nun mal die Regeln im Flaschendrehen.

Wie vorhin bei mir hingen nun alle Augen an Seppo. Kelly schmachtete ihn mit geneigtem Kopf an. Stille kehrte ein. Selbst Billy und Serdan hörten auf, ihr Skatblatt zu kloppen, und schauten zu uns rüber.

»Gut, Seppo.« Ein flaues Flimmern machte sich in meinem Bauch breit – als würde kaltes Wasser durch meinen Magen schwappen. Es erinnerte mich an das Gefühl, das ich im Abbruchhaus verspürt hatte, bevor ich beinahe in die Tiefe gesprungen war. Eine Art böse Vorahnung …

»Wen magst du lieber, Seppo – Luzie oder Kelly?«

Ich stand abrupt auf, flüchtete aus dem Zimmer, ließ die Tür hinter mir mit Karacho ins Schloss fallen und rannte den Gang entlang. Diese Antwort wollte ich nicht hören. Nein, auf keinen Fall. Das wollte ich nicht wissen. Niemals.

Wie konnte sie so etwas fragen? »Wen hast du lieber?« Eine Scheißfrage war das.

Er sollte *mich* lieber haben, am allerliebsten, mich und niemand anderes. Doch etwas in mir wusste ganz genau, dass er »Kelly« gesagt hatte, nachdem ich gegangen war. Kelly. Ich mag Kelly lieber als Luzie. Nun konnte er es ja sagen, denn ich war nicht mehr dabei.

In meinem Zimmer war es stockdunkel. Elena hatte sich schlafen gelegt. Ich hörte sie leise und gleichmäßig atmen. Ohne Licht zu machen, schälte ich mich aus meinen Klamotten und kletterte nach oben. Leander war immer noch weg. Nicht einmal er war da. Nur ich und mein schmerzhaft pochendes Herz, das sich einfach nicht beruhigen wollte. Die konnten mich mal! Flaschendrehen. Wer hatte dieses Spiel nur erfunden? Und was war daran eigentlich so toll?

Wie betäubt lag ich auf dem Rücken und starrte an die Decke, die vom Mond mit silbrigen Streifen überzogen wurde. Eine Träne sickerte in meine Haare – es war nur eine einzige, aber sie tat so weh in meinem Hals, dass ich beinahe aufgeschluchzt hätte.

Nein, ich wollte Seppo nicht mehr küssen. Nicht nach all dem, was heute passiert war. Aber ich wollte auch nicht, dass er und Kelly ein Paar wurden. Doch wahrscheinlich würde genau das passieren.

Ich starrte so lange an die Decke, bis meine Augen zu brennen begannen und meine geballten Fäuste zitterten. Dann drehte ich mich schwerfällig auf die Seite, zog die Decke über den Kopf und versuchte zu schlafen.

CALIFORNIA DREAMING

Mitten in der Nacht wachte ich auf, weil meine Decke von meinem Gesicht gerutscht war und ich spürte, dass mich jemand anstarrte. Nicht nur das spürte ich – nein, ich spürte auch einen warmen Atemhauch auf meiner Halsbeuge, der eindeutig nach Pfefferminze roch. Leander hatte sich also bequemt, zu Bett zu gehen.

Doch ich ließ meine Lider geschlossen, um meine Gedanken zu ordnen. Irgendetwas war passiert, bevor ich mich schlafen gelegt hatte … etwas Schreckliches … Nun, so schrecklich war es eigentlich gar nicht, stellte ich fest, als meine Erinnerungen wie ein Bumerang zurückkamen und eine neue Welle kaltes Wasser durch meinen Magen schwappen ließen. Lena hatte Seppo gefragt, wen er lieber hatte. Kelly oder mich. Na und? Selbst wenn er sich für Kelly entschieden hatte und alle es wussten – was bedeutete das schon? Mich kannte er seit dem Kindergarten. Wir waren Nachbarn. Okay, Schräg-gegenüber-Nachbarn. Kelly jedoch kam aus Kalifornien. Zwischen Ludwigshafen und Kalifornien befand sich ein kompletter Ozean. Und die beiden kannten sich erst ein paar Wochen. Kelly sprach kaum Deutsch und Seppos Englisch war miserabel. Seppo und ich hatten uns zwar nie lange miteinander unterhalten, aber Kelly würde mich diesbezüglich kaum toppen können. Vor allem aber machte Kelly kein Parkour. Warum also regte ich mich überhaupt so sehr auf, dass ich aus dem Zimmer stürmen musste, als habe mich eine Tarantel gestochen?

Weil Kelly lange Beine hatte? Älter war als ich? Blonde, schimmernde Haare hatte? Alles »cute« und »romantic« fand? Giuseppe ständig mit ihrem Colgate-Lächeln anstrahlte und er zurückstrahlte, als habe er gerade einen Engel erblickt?

Apropos Engel. Leander starrte mich immer noch an. Nun seufzte er leise und ein frischer Hauch kühles Pfefferminz kitzelte meine Nase. Ich musste niesen. Schnaufend warf sich Elena unter mir auf die andere Seite.

Ich hatte mir nicht die Mühe gemacht, die Hand vor den Mund zu halten. Normalerweise wäre Leander jetzt ausgeflippt. Er fand es verantwortungslos, wenn wir Menschen ungefragt unsere Bazillen versprühten. Doch er flippte nicht aus. Kein Aufspringen, kein Schreien, kein Lamentieren.

Ich öffnete prüfend ein Auge. Er lag ausgestreckt auf der Seite, seine Wange in seine Armbeuge gebettet, und musterte mich nachdenklich. Sein Blick war wachsam und verträumt zugleich – und absolut unergründlich. Ich hatte einen solchen Blick noch nie zuvor bei ihm gesehen. Er stand ihm gut, aber …

»Pfui«, sagte er tadelnd, als er mein einäugiges Starren bemerkte. »Trotzdem Gesundheit!«

Ich öffnete das andere Auge und erkannte, dass seine Stirn von Abertausend kleinen, blau schillernden Wassertröpfchen überzogen war. Mein Naseninhalt. Es war ja kein Erkältungsnieser, sondern ein Pfefferminznieser gewesen. Leander hasste das Innere von menschlichen Nasen (vor allem das von seiner eigenen, er fand es schlichtweg »ekelhaft«), doch er unternahm keinen Versuch, die Tröpfchen wegzuwischen. Sie schienen ihm egal zu sein.

»Weißt du, was ich so faszinierend finde?«, sprach er weiter, ohne seine Stimme zu erheben. Sie war ein bisschen heiser vom Singen. Ich hörte an seinem Tonfall, dass seine Frage wieder eine jener Fragen war, auf die er keine Antwort erwartete. Ich konnte sowieso nicht sprechen, sonst würde Elena wach werden und neue wilde Gerüchte über mich verbreiten. Also blieb ich still liegen und sah ihn an, ohne die geringste Reaktion zu zeigen. Ich wollte ihn nicht zu einem Laberflash ermutigen – die bekam er mit Vorliebe nachts oder vor dem Einschlafen –, aber vielleicht würde mich sein Geplapper ablenken. Noch besser wäre es gewesen, wenn er ins Französische gewechselt wäre. Doch er blieb beim Deutschen.

»Eure Wärme …« Ein kurzes Lächeln huschte über Leanders sonnenbraunes Gesicht. »*Die* ist faszinierend. Eure Körper sind warm, aus sich selbst heraus. Alles andere ist kalt, ja, es kann bitterkalt sein, der Boden, das Gras, Steine, Dachziegel, alles wird so furchtbar schnell kalt, aber ein Mensch strahlt Wärme aus … ununterbrochen …«

Du doch auch, dachte ich spöttisch. Sogar mehr als wir Menschen. 38 Grad mindestens. Und sein permanentes Fieber sorgte in diesem Moment dafür, dass ich nicht einmal meine Einsiedlerkrebs-Bettdecken-Technik brauchte. Im Gegenteil – ich hätte meine Decke gerne zurückgeschlagen, weil mir plötzlich heiß wurde.

»Als du klein warst und ich neben deinem Bettchen aufgepasst habe, hab ich das schon gemerkt und darüber gestaunt. Eure Wärme. Wenn ich diese Wärme gespürt habe, wusste ich: alles okay mit Luzie. Eigentlich spüren wir Wächter so etwas gar nicht, denn wir haben ja keinen Körper. Wir wittern Feuer und Wasser …« Leander verzog den Mund und hielt inne. Ich erinnerte mich an das, was er und seine Schwestern im Chor heruntergebetet hatten, als seine Familie sich bei mir im Zimmer getroffen hatte: »Feuer und Wasser sind die schlimmsten Feinde von Sky Patrol.« Für Leander schien das nur noch in punkto Feuer zuzutreffen. In den Pool hatte er sich, ohne zu zögern, gestürzt. Und seine Duschorgien sprachen für sich.

»Ja, wir wittern Feuer und Wasser, aber kein Wächter außer mir weiß, wie schön Wasser sich anfühlt. Und warme Haut. Ich verstehe nur nicht, warum ich deine Wärme schon fühlen konnte, als ich noch gar keinen Körper hatte … Ob das ein Erbstück von Onkel Gunnar ist? Er konnte Menschen angeblich riechen.« Leander tippte sich gedankenverloren an seine Nase. Ich hätte ja gerne mal gewusst, was es mit diesem ominösen Onkel Gunnar auf sich hatte, aber nun war nicht der richtige Zeitpunkt dafür. Ein weiterer Männername sollte nachts in diesem Zimmer nicht fallen, solange Elena mich hören konnte – und schon gar nicht solch ein dämlicher. Leander klang wenigstens noch nach einem Jungen, der einigermaßen gut aussah. Unter Gunnar jedoch stellte ich mir einen kleinen dicklichen Mann mit Kugelbauch und glänzender Glatze vor. Falsche Vorstellung, korrigierte ich mich. Er war ein Wächter. Die hatten keine Gestalt. Und laut Leanders kleiner Schwester hatte er sich auf der Leinwand seines Klienten verewigt – also hatte er einen Künstler betreut? Und wie nur hatte er sich dort verewigt?

»Warum hab ich diese Fähigkeiten? Hat es was zu bedeuten?«, wiederholte Leander grüblerisch. »Und ist es wirklich so verwerflich, seinen eigenen Körper zu lieben, einen Menschenkörper, schön warm, aber fehlerhaft und ungeschickt?«

Na, soooo fehlerhaft und ungeschickt waren unsere Körper auch wieder nicht. Schon gar nicht Leanders. Er würde einen fabelhaften Traceur abgeben, wenn er denn endlich dazu stehen würde, diesen Sport zu mögen.

Seppo würde den Mund nicht mehr zukriegen vor Staunen. Oh, das wäre eine passende Rache … Mit Leander zum Training kommen. Ihn als meinen besten Kumpel vorstellen. Vielleicht sogar als meinen Freund? Nur um Seppo eifersüchtig zu machen. Und gleichzeitig noch ein bisschen mit Serdan flirten. Was in sich ein Widerspruch war, Serdan und Flirten, aber versuchen konnte man es. Und dann mit Leander einen Synchron-Run machen, gekrönt von unserem Synchron-Breakdance, den wir letztens einstudiert hatten. Zu den letzten dreißig Sekunden von Timbalands *Morning after Darkness* – die coolsten Takte des gesamten Songs. Leander und ich leicht zeitversetzt und trotzdem voll im Rhythmus. Verdammt, und niemand wusste davon! Niemand würde uns je dabei bewundern können!

Dennoch malte ich mir in diesen schweigenden Sekunden aus, wie es sein würde … Es fühlte sich gut an, sich das auszumalen, in jeder kleinen Einzelheit. Sah Leander denn aus wie ein Mensch? Würde jemandem etwas Ungewöhnliches auffallen, wenn ich irgendeinen Trick finden würde, ihn auch für andere sicht- und hörbar zu machen? Wie immer, wenn ich sein Gesicht studierte, blieb ich an seinen Augen hängen. Grün und Blau. Schneeblau.

Instinktiv griff ich nach vorne und berührte mit der Kuppe meines Zeigefingers ganz sacht seine schillernde Iris. Sie war kalt und glatt wie Eis. Leander blinzelte nicht. Nein, er beachtete mich gar nicht. Sein Blick war nicht mehr bei mir, sondern träumte sich durch mich hindurch.

»Doch … es ist nicht alles schlecht an euren Menschenkörpern …«, seufzte er, schloss die Augen und war beim nächsten Atemzug eingeschlafen.

Ich aber lag reglos wach und konnte an nichts anderes denken als an Seppo und Kelly, bis die Dämmerung ins Zimmer kroch und die Vögel vor dem Fenster zu singen begannen.

Kabale und Liebe

Am nächsten Morgen brauchte ich lange – viel zu lange –, um aus dem Bett zu kriechen, mich anzuziehen und nach unten zu gehen. Ich war mal wieder die Letzte, die in den Speisesaal stolperte, und mir fiel sofort auf, dass alles anders war als sonst. Zwar erntete ich jede Menge Blicke wie schon am Tag zuvor, doch dieses Mal waren sie nicht belustigt, sondern feindselig. Ausnahme: Sofie. Sie schaute nirgendwohin. Ihr Mund stand leicht offen, doch sie lächelte und ihre Hand rührte in ihrer leeren Teetasse, als sei sie eine Puppe, in die jemand fünfzig Cent eingeworfen hatte und die nun das Wenige tat, was sie dank eines Motors in ihrer Schulter tun konnte. In einer Tasse rühren. Das Luftblasengesicht der Jungs war nichts dagegen. Es fehlte nur noch, dass Sabber aus ihrem Mund lief.

Viel unverständlicher aber war, dass Seppo und Kelly zwar nebeneinander, aber nicht bei den Lehrern saßen. Kelly wirkte verquollen. Hatte sie etwa geweint? Seppo wollte ich gar nicht erst angucken, also konzentrierte ich mich auf Herrn Rübsam, der mir ein auffällig freundliches »Guten Morgen, Luzie!« entgegenrief. Und genau dieses freundliche »Guten Morgen« brachte die Stimmung erst recht zum Kochen. Jetzt glotzten mich ausnahmslos alle an, feindselig und vorwurfsvoll – vor allem Seppo. Sein Blick war so intensiv, dass ich nicht anders konnte, als ihn zu erwidern.

»Musste das sein?«, raunzte er mich flüsternd an, als ich an ihm vorüberging, um Sofie anzusteuern, die mich zwar auch anschaute, aber nicht zu erkennen schien.

»Was?«, fragte ich gereizt.

»Na, das Türenknallen! Du hast damit den Rübsam geweckt!«, beschwerte er sich. Oha. Dann war das heimliche Flaschendrehen also aufgeflogen. Geschah ihnen recht. Vor allem Seppo und Kelly.

»Ich knalle fast immer Türen, weißt du doch«, erwiderte ich mit Unschuldsmiene.

»Toll«, knurrte Seppo. Auch Kelly äugte mich an, als würde sie gleich zu knurren anfangen. »Und ich saß mit dabei. Als Betreuer! Jetzt darf ich nie mehr als Aufsicht zu einer Klassenfahrt mitfahren. Nie mehr.«

»War sowieso 'ne Scheißidee«, sagte ich kalt und wandte mich von ihm ab, um endlich einen sicheren, unbehelligten Platz neben Sofie und ganz am Ende des Tisches zu finden. Zum Glück fand ich diesen Platz rasch. Billy und Serdan nickten mir wortlos zu. Sie sahen weder gut noch schlecht gelaunt aus. Eher neutral. Und wenn sie sauer gewesen wären, hätten sie mir nicht zugenickt. Immerhin – ein kleiner Hoffnungsschimmer.

»Morgen, Luzie«, säuselte Sofie und rührte weiter in ihrer leeren Tasse. Sie fing auch kein Gespräch mit mir an. Nein, das gesamte Frühstück – das heute kurz ausfiel – verbrachte sie damit, in der Tasse zu rühren und ins Nirgendwo zu stieren. Was sie dort sah, musste jedoch Spitzenklasse sein. Ich hatte sie noch nie so glücklich und zufrieden erlebt. Ob ihr jemand etwas von dem geschmuggelten Alkohol in den Tee gekippt hatte? Oder hatte sie beim Flaschendrehen einen von den Stirnfrisuren küssen dürfen? Doch ich wollte sie nicht danach fragen, weil ich auf diese Weise zweifellos erfahren hätte, wie Seppos Antwort ausgefallen war.

Ich hatte mein Marmeladenbrot noch nicht fertig gegessen, als Herr Rübsam sich erhob. »Still jetzt!«, rief er barsch und wir verstummten augenblicklich. Kein »Jungen und Mädchen«? Und er wurde laut? Das kannten wir nicht von ihm. Herr Rübsam wurde nie laut. Er wartete normalerweise, bis wir leise wurden. Auch wenn das sehr lange dauern konnte.

Verblüfft schauten wir zu ihm hoch. Frau Dangel saß mit puterrotem Kopf neben ihm. Was hatte er vor – uns alle heimzuschicken, weil ein paar Leute um Mitternacht Flaschendrehen gespielt hatten?

»Hmmmm«, machte Sofie versonnen und berührte verträumt ihre Lippen.

»Zieht euch feste Schuhe an. Wir gehen wandern. Sofort. Und ich möchte keine Widerworte hören! Kein einziges!«, bellte Herr Rübsam. Sofie zuckte zusammen, behielt aber ihr leicht irres Lächeln.

»Hast du was getrunken?«, fragte ich sie vertraulich, als wir zehn Minuten später den Burghof verlassen hatten und Herr Rübsam im Stechschritt den Waldweg entlangpflügte. Wie so oft war meine Neugierde zu stark geworden – ich musste wissen, was passiert war. Selbst wenn ich dabei erfuhr, was Seppo gesagt hatte. Sofie musste etwas Sensationelles widerfahren sein. Ich konnte nicht weiter neben ihr herlaufen und so tun, als interessierte es mich nicht.

»Ob ich was getrunken habe?« Wieder kicherte sie. »Neee … Geht doch gar nicht. Der Alkohol ist verschwunden. Hast du das nicht mitbekommen? Plötzlich war alles weg.«

»Nein, hab ich nicht. Mit mir redet ja niemand mehr.« Ich übertrieb nicht. Serdan redete sowieso nicht. Billy war offensichtlich zu müde, um zu reden. Und Seppo hasste mich. Ich kapierte das nicht – da warf ich Kelly ins Wasser und er grinste nur. Aber wenn Herr Rübsam ihn nachts beim Flaschendrehen erwischte, war ich schuld. Er hätte gar nicht erst dort sein dürfen. Idiot.

Sofie tätschelte mir lachend den Unterarm. »Die beruhigen sich schon wieder. Also, ich hab nichts getrunken. Aber …« Sie gluckste beglückt auf.

»Was aber?« Ich merkte, dass ich zappelig wurde. Wie nur hatte zwischen meiner Flucht und Herrn Rübsams

Auftauchen etwas geschehen können, was Sofie dermaßen umgehauen hatte? In den wenigen Sekunden? Hatte Seppo am Ende etwa gesagt, dass er Sofie am liebsten mochte?

»Warte einen Moment«, raunte Sofie und ließ ein paar Leute an uns vorüberziehen.

Dann hakte sie sich bei mir ein, um in mein Ohr flüstern zu können.

»Mich hat heute Nacht jemand geküsst. Einer von den Jungs.«

»Beim Flaschendrehen?« Verwirrt blieb ich stehen. Doch Sofie zog mich unerbittlich weiter. Wir konnten Herrn Rübsam kaum noch sehen. Ich fragte mich, warum er nicht gleich zu joggen begann. Er bewegte sich bereits wie einer von den Gehern bei den Olympischen Spielen, abgehackt und verdreht. Frau Dangel hetzte schimpfend und schnatternd neben ihm her. Die beiden sahen aus, als ob sie sich stritten und gleichzeitig vor sich selbst wegrennen wollten.

»Also, Sofie«, knüpfte ich an unser Gespräch an, sobald wir nicht mehr das Schlusslicht bildeten. »Dich hat beim Flaschendrehen jemand geküsst?«

»Quatsch. Doch nicht beim Flaschendrehen. Wir mussten ja alle auf unsere Zimmer. Nein, danach … irgendwann mitten in der Nacht … Ich hatte schon geschlafen, als plötzlich … Ich weiß nicht …« Sofie wurde so leise, dass ich sie kaum mehr hören konnte. »Es war jemand da. Ganz nah bei mir. Ich hab seine Lippen gespürt. Er hat mich geküsst!«

»Wer?«

»Ich konnte ihn nicht sehen. Es war dunkel. Aber ich glaub, dass es Serdan war …«

Das war ja ein Knaller. Einer der Jungs schlich sich zu Sofie ans Bett und küsste sie. Einfach so. Das würde mir wahrscheinlich niemals passieren. Jedenfalls nicht auf dieser Klassenfahrt. Die würden mir lieber eine Ohrfeige verpassen, als mich zu küssen. Trotzdem war ich bereit, meine Hand dafür ins Feuer zu legen, dass Serdan es nicht gewesen war.

»Warum sollte der denn so was machen?«, fragte ich zweifelnd.

»Warum sollte er es denn nicht machen?«, entgegnete Sofie gekränkt. »Bin ich so hässlich?«

»Nein, natürlich nicht!«, beschwichtigte ich sie. Sie sollte bloß nicht zur Feindesfront überlaufen. Sonst hatte ich gar niemanden mehr zum Reden. »Ich frag mich nur, warum er das heimlich macht«, wand ich mich aus der Falle.

»Das frage ich mich auch.« Im Laufschritt holten wir zum Schluss der Gruppe auf, weil wir erneut zurückgefallen waren. »Vielleicht wollte er nicht, dass ich ihm einen Korb gebe?«, überlegte Sofie.

Nein. Das passte nicht zu Serdan. Generell passte nächtliches Küssen nicht zu Serdan. Wusste Serdan überhaupt, dass es Sofie gab? Ich war mir da nicht sicher.

»Wieso denkst du, es könne Serdan gewesen sein?«

»Weil …« Sofie holte keuchend Luft. Der Weg stieg steil an. Selbst mein Atem wurde knapp, obwohl ich immer noch eine gute Kondition hatte. »Weil er den ganzen Abend Kaugummi gekaut hat. Und ich glaub, ich hab einen Kaugummi gespürt.«

»Du hast – was? Wie hat er dich denn geküsst?«

Sofie ging die Puste aus. Schwer seufzend stützte sie sich an einer dürren Birke ab.

»Nee, kein Zungenkuss. Aber er hatte den Mund ein bisschen offen …«

»Igitt«, bemerkte ich trocken. Serdan machte beim Küssen den Mund auf? Er redete doch nicht einmal. Sofies berauschtes Dauerlächeln verstärkte sich.

»Nein, nicht igitt, Luzie. Du hast ja keine Ahnung … Es war echt schön. Irgendwie.«

Der Pfad verengte sich und wurde so unwegsam, dass wir eine Weile aufhörten, über die vergangene Nacht zu sprechen. Wir brauchten all unsere Aufmerksamkeit, um nicht über Wurzeln und Felsbrocken zu fallen. Allmählich keimte in mir der Verdacht auf, dass Herr Rübsam uns mit aller Gewalt müde machen wollte. Was mich betraf: Hätte er nicht tun müssen. Ich war bereits hundemüde. Und Flaschendrehen würde ich ganz bestimmt nicht mehr spielen. Davon hatte ich genug.

»Magst du Serdan denn?«, fragte ich, als ich wieder das Gefühl hatte, Silben formen zu können. Es war schwül geworden. Uns beiden lief der Schweiß in dünnen, klebrigen Schlieren über die Wangen. Vor uns kam die Gruppe zum Stehen und auch wir stoppten. Erleichtert zog ich meinen Kapuzenpulli aus und wickelte ihn um die Hüften.

Sofie antwortete nicht, sondern beobachtete mit glasigem Blick ein Eichhörnchen, das über uns durch die Baumwipfel huschte.

»Sofie ... magst du Serdan?« Sie fuhr leicht zusammen.

»Weiß nicht.« Verlegen hob sie die Schultern. »Ich meine, ich kenne ihn nicht ... Aber du kennst ihn doch, oder?«

Na ja. Ich verbrachte viel Zeit mit ihm. Es war jedoch schwierig, jemanden kennenzulernen, der nicht redete, selbst wenn man noch so oft zusammen war. Aber in einer Sache war ich mir beinahe sicher: Serdan lief nachts nicht in ein Mädchenzimmer, um wahllos jemanden zu küssen. Doch wie gesagt – ich kannte ihn nicht. Und Jungs machten manchmal völlig sinnlose Sachen. Vielleicht hatten sie nach Herrn Rübsams Auftauchen ja weiter Flaschendrehen gespielt und Serdan musste das tun, weil er Pflicht gewählt hatte.

Vor uns wurden Stimmen laut – zwei sehr vertraute Stimmen. Herr Rübsam und Frau Dangel.

»Tja, Peter. Hättest du eben eine Karte mitnehmen sollen!«, keifte Frau Dangel. Ihre dünne Bluse klebte an ihrem Rücken und ihr kunstvoll zusammengesteckter Dutt hatte sich aufgelöst. Herr Rübsam sah kaum besser aus. Nur eben ohne Dutt.

»Das ist ein Rundweg. Und Rundwege führen irgendwann wieder zurück!«

»Jahaaa«, höhnte Frau Dangel. »Irgendwann. Genau das ist der Haken an der Sache! Irgendwann. In zwei oder drei Jahren wahrscheinlich …«

»Elvira, bitte, das ist doch jetzt albern!«, versuchte Herr Rübsam, sie zu beruhigen. Die beiden hatten uns offenbar vollkommen vergessen. Fasziniert hörten wir ihnen zu.

»Weißt du, was *ich* albern finde? Einer Klasse wie dieser eine Klassenfahrt zu schenken! *Das* ist albern!«

»Das ist nicht albern, das ist Pädagogik!«, brüllte Herr Rübsam. Seine rechte Stirnader schwoll sichtlich an. »Sie haben sich angestrengt und sie haben sich das verdient!«

»Oh, und das wissen sie auch zu schätzen, nicht wahr, Peter? Haben wir heute Nacht gemerkt …«

»Das sind Kinder. Die machen so etwas!«

»Kinder?« Frau Dangels Stimme wurde unangenehm blechern, wie im Französischunterricht. Sie schloss für eine Sekunde die Augen und presste sich die Finger auf die Schläfen. Vermutlich bekam sie die Migräne von ihrem eigenen Gekeife. Selbst mir dröhnte der Kopf. »Das sind keine Kinder, Peter. Das sind Halbstarke und pubertierende Hühner und wenn du nicht aufpasst, dann liegen sie ruckzuck miteinander im Bett!«

»Hiiii«, kiekste Sofie und schlagartig bemerkten Herr Rübsam und Frau Dangel, dass sie nicht alleine waren. All die Halbstarken und Hühner standen mucksmäuschenstill hinter ihnen und lauschten gebannt.

»Elvira, bitte ...«, beschwor Herr Rübsam sie gedämpft. Doch Frau Dangel schüttelte hysterisch den Kopf, wobei sich auch die letzte Haarnadel aus dem Dutt befreite.

»Ich will jetzt aus diesem Wald raus! Sofort!«

Frau Dangel und ich waren selten einer Meinung. Aber in diesem Punkt sprach sie mir aus dem Herzen. Ich wollte auch aus dem Wald raus. Abgesehen davon, dass Wandern das Langweiligste war, was man tun konnte, umschwirrten uns die Mücken, wir hatten Durst und Hunger und meine Beine brannten, weil ich beim Klettern in Brennnesseln gefallen war.

»Da vorne ist ein Schild«, meldete sich Seppo beflissen zu Wort. »Und ich hab einen guten Orientierungssinn. Wir müssten bald wieder zurück an der Burg sein.«

Ich schaute ihn herausfordernd an und tat so, als ob ich mir den Finger in den Hals stecken und würgen würde. Puh, was für eine elende Schleimerei. Doch er übersah meine Geste. Für ihn existierte ich heute Morgen nicht mehr und das tat doppelt weh.

Auf dem Rückweg erzählte ich Sofie das Wenige, was ich über Serdan wusste. Das Rätsel lösen konnten wir damit nicht. Und ich wollte Sofie nicht darauf aufmerksam machen, dass Billy ebenfalls ganztägig Kaugummi kaute. Von Billy mochte sie bestimmt nicht nachts heimlich geküsst werden. Erst recht nicht mit offenem Mund. Ich traute Sofie aber auch zu, dass sie alles nur geträumt hatte. Mir war jede Variante recht, sogar die mit Serdan, solange Sofie mich nicht anfeindete wie die anderen.

Pünktlich zum Mittagessen kehrten wir abgekämpft und erhitzt in die Jugendherberge zurück. Herr Rübsam und Frau Dangel stritten nicht mehr, sondern marschierten mit verkniffenen Gesichtern zu ihren Plätzen und schaufelten sich bergeweise Essen auf die Teller, ohne sich einen Blick oder ein Wort zu gönnen. Normalerweise hätte ich das lustig gefunden. Aber ich war so müde, dass mir sogar das Kauen schwerfiel. Meine Augen tränten und ich musste immer wieder niesen – mein Sonne-Müdigkeits-Schnupfen. Andere Leute bekamen Heuschnupfen. Ich bekam Schnupfen, wenn ich zu viel Sonne abgekriegt hatte und müde war. Mama meinte, das läge daran, dass ich rothaarig sei. Ich sei nicht für die Sonne erschaffen worden. In diesen Minuten glaubte ich ihr das. Ich sehnte mich nach einem kühlen, dunklen Zimmer.

Und das sagte ich Herrn Rübsam auch. Nein, nicht genau das – ich fragte ihn, ob ich einen Mittagsschlaf machen könne. Ich wusste, dass das albern klang. Als wäre ich ein kleines Mädchen. In meinem Nacken schwoll neues Kichern an, aber ich legte eine Hand hinter meinen Rücken und zeigte den anderen den Stinkefinger und das Kichern verebbte. Herr Rübsam legte sein Besteck auf den Tisch, wischte sich den Mund ab und sah mich prüfend an.

»Alles in Ordnung, Luzie?«

»Ja. Klar. Nur müde. Ich hab die letzten Nächte kaum geschlafen, weil ...« Ich räusperte mich, damit meine Stimme belegt klang. So als würden die Tränen schon hinter meinen Augen lauern. »... weil hier alles anders ist. Anders als zu Hause. So fremd.« Ich merkte plötzlich, dass das gar keine Lüge war. Alles war anders. Und nichts vertraut. Ja, in diesem Moment fühlte es sich so an, als sei ich auf einem Lichtjahre entfernten Planeten gelandet, wo völlig neue Gesetze herrschten, die ich nicht kannte. Früher hatte nie jemand über mich gelacht. Es hatte auch kein Geist in meinem Bett geschlafen. Niemals hätte ich, Luzie Morgenroth, freiwillig ein Zimmer mit Elena geteilt. Die Jungs und ich hätten Parkour gemacht, anstatt Flaschendrehen zu spielen. Und niemand hätte über mich gelästert.

»Dann leg dich ins Bett und ruh dich aus, Luzie. Ist schon okay«, sagte Herr Rübsam mit einem väterlichen Lächeln. »Warst ja heute Nacht brav. Im Gegensatz zu den anderen. Die dürfen jetzt Geschirr spülen.«

Und haben einen neuen Grund, mich zu hassen, dachte ich verbittert, als ich mich die Stufen hinauf zu meinem Zimmer schleppte. Drinnen wartete eine Überraschung auf mich. Elena kniete inmitten ihrer Klamotten auf dem Boden und packte ihren Koffer.

»Was ist los?«, fragte ich verdattert.

»Ich fahre nach Hause«, erläuterte sie knapp, ohne mich anzusehen.

»Warum?« Gähnend kletterte ich auf mein Bett und schaute ihr von oben dabei zu, wie sie ohne Sinn und Verstand Kosmetiksachen in die Seitenfächer des Koffers quetschte. Niemals würde sie den zukriegen.

»Krank.« Weil ich selbst oft log, erkannte ich es genau, wenn andere logen. Und sie log.

»Stimmt nicht«, erwiderte ich gleichgültig.

»Ja, gut, stimmt nicht!«, brach es aus Elena heraus und sie blitzte mich wütend an. »Mann, Luzie, weißt du, wie das hier für mich ist? Ich bin zwei Jahre älter als ihr, zwei Jahre! Und Seppo hängt nur mit dieser Dumpfbacke namens Kelly zusammen und meint, mir Befehle erteilen zu können, weil Herr Rübsam die beknackte Idee hatte, ihn als Betreuer mitzunehmen! Hier ist niemand so wie ich!«

»Wirklich eine beknackte Idee, das mit Seppo«, pflichtete ich ihr bei und unterdrückte ein neuerliches Gähnen. »Aber …«

»Nix aber. Ich hab keinen Bock, mir Ritterkostüme zu nähen und durch den Wald zu rennen und mir euer Teeniegesülze anzuhören, während Tom in Ludwigshafen … ach, egal, alles Scheiße«, fluchte sie und warf sich mit ihrem Hintern auf den Koffer, um seine Schnallen schließen zu können. Tom. Das war ihr Freund. »Ich will hier weg. Ich halt das nicht mehr aus. Das ist nicht meine Welt, verstehst du?«

Ja, ich verstand sie sogar sehr gut. Meine war es auch nicht, was zwar an Leander lag und nicht an Altersunterschieden, aber ich verstand Elena. Beinahe hätte ich sie gefragt, ob sie mich mitnehme. Doch dann ging alles ganz schnell. Herr Rübsam klopfte und rief durch die geschlossene Tür, dass Elenas Mutter angekommen sei, und Elena setzte eine Leidensmiene auf, als würde sie von grausamen Schmerzen gequält. Sie warf mir einen letzten Blick zu.

»Tschüss, Luzie.«

»Tschüss, Elena. Gute Besserung«, feixte ich. Zu meinem Erstaunen grinste sie kurz, bevor ihre Miene wieder erschlaffte und sie sich zu Herrn Rübsam nach draußen schob, wo sie irgendwas von unerträglichen Rücken-, Bauch- und Kopfschmerzen murmelte und dass das bei ihr immer alles so schrecklich sei, wenn sie ... Die Stimmen verhallten. Aha. Elena gab vor, Duweißtschonwas zu haben. Sie kannte wirklich keine Skrupel. Bestimmt war Herr Rübsam heilfroh, wenn sie endlich im Auto saß und er nicht länger ihre Frauengeschichten anhören musste.

Aufatmend ließ ich mich auf die quietschende Matratze fallen. Oh, war das schön. Ich war allein. Ganz allein. Das war ich schon so lange nicht mehr gewesen. Nach einer kleinen Weile stand ich noch einmal auf, öffnete das Fenster, trank einen Schluck Wasser und krabbelte zurück aufs Bett. Kühle Luft strömte herein und streichelte meine erhitzten Wangen.

Nun konnte Leander unten schlafen und musste sich nicht mehr nachts neben mich legen und mich anstarren. Wo war er überhaupt? Ach, egal. Hauptsache, allein. Hauptsache, schlafen.

Und wenn ich aufwachte, würde ich mich wie ein neuer Mensch fühlen.

AB IN DEN KONGO

Ich fühlte mich zwar wieder wie ein Mensch, als ich aufwachte – jedoch nicht wie ein neuer. Und ich fühlte mich nur deshalb wie ein Mensch, weil die gläsern-schrillen Missklänge, die plötzlich durch das Zimmer jagten und meine Ohren zum Klirren und Pfeifen brachten, definitiv nicht menschlich waren. Ansonsten ging es mir noch genauso beschissen wie vorher. Mit dem Unterschied, dass ich zwar nach wie vor erschöpft, aber auf beinahe schmerzhafte Weise hellwach war.

Ich konnte das hohle Sirren, das wie ein Tornado durch das kleine Zimmer wirbelte und mich binnen Sekundenbruchteilen aus dem Schlaf gerissen hatte, sofort zuordnen. Nathan und Clarissa von Cherubim. Leanders Eltern. Oder genauer: seine Truppenführer.

Nathan, das war das mächtige, gesetztere, aber dennoch unverkennbar hektische Tönen. Zu Clarissa gehörte jenes gellende, schnatternde Girren, das sich ab und zu in einem schrägen Schlussakkord entlud. Sie diskutierten oder stritten. Sie waren aufgeregt, aber da sie sich nicht in der Menschensprache unterhielten, konnte ich nichts verstehen. Sicher war ich mir allerdings, dass es um Leander ging. Es musste um Leander gehen. Doch der war nicht hier.

Ich biss – gut versteckt unter einem Deckenzipfel – in meinen Unterarm, um nicht aufzuschreien, weil all die verzerrten Klangbilder brutal an meinem Trommelfell rüttelten. Es war wirklich kein Wunder, dass Hunde in Panik gerieten und wie verrückt bellten, wenn ein Wächter in ihrer Nähe Alarm schlug. Ich hätte auch gerne gewinselt und gebellt. Aber die Cherubims durften auf keinen Fall merken, dass ich sie wahrnahm. Ich musste durchhalten und darauf hoffen, dass sie bald wieder verschwanden. Denn eigentlich mussten sie bei ihren Klienten sein. Sie switchten nur an andere Orte, wenn etwas ungeheuer Wichtiges vorlag. Oder wenn sie einen neuerlichen Versuch unternehmen wollten, ihren Sohn zurückzuholen? Immerhin war er seit Wochen bei mir, ohne dass es dazu irgendeine offizielle Erlaubnis oder gar Order gegeben hatte. Er hatte das einfach so entschieden, nachdem er mich aus der Flammenhölle von Papas Leichenkeller gerettet hatte.

»Leander von Cherubim!!!« Hoppla. Das war Menschisch gewesen. Immer noch verstörend gläsern, aber in Menschensprache. Ich unterdrückte einen erleichterten Seufzer. Die Cherubims konnten allesamt perfekt Menschisch sprechen und ich hegte den Verdacht, dass sie es auch sehr gerne taten, obwohl es unter Wächtern verpönt war. Wir Menschen waren schließlich durchweg mangelhafte Konstrukte mit etlichen Baufehlern.

»Nathan, um Himmels willen, nicht!«, bohrte sich Clarissas schrille Stimme in meine Schläfen. »Was ist, wenn die anderen Wächter uns hören?«

»Ach, Clarissa, ich bitte dich. Wir haben ein weitaus schlimmeres Problem zu lösen. Und wenn Leander nicht in unserer Sprache mit uns kommunizieren will, müssen wir eben zu alternativen Mitteln greifen.«

»Es ist Menschisch!«, zischte Clarissa. »Das darf niemals ein alternatives Mittel sein.«

Nun, dann fragte ich mich, warum die beiden immer noch in astreinem Hochdeutsch miteinander zankten. Und das nicht zum ersten Mal. Damals in meinem Zimmer hatte die gesamte Familie menschisch geredet.

»Jedes Mittel ist recht, um Zucht und Ordnung in die Truppe zu bringen!«, plärrte Nathan aufgebracht. »Und dein Sohn …«

»Es ist auch dein Sohn, vergiss das nicht!«, unterbrach ihn Clarissa mit anklagendem Tremolo.

»Ich verbitte mir Haarspaltereien!« Nathans Stimme klang, als würde in seiner durchsichtigen Kehle ein Trommelwirbel entfacht. Doch seine Wortwahl erinnerte mich ein bisschen an Papa. Kurz musste ich schmunzeln. »Leander hat die gesamte Truppe blamiert, die Zentrale ignoriert ihn bereits – sie ignoriert ihn, Clarissa, du weißt, was das bedeutet – und jetzt frage ich mich, wo er steckt. Hier ist er nicht, obwohl *sie* schläft.«

Damit war wohl ich gemeint. Aber worauf spielte Nathan an – von welcher Blamage sprach er? Womit hatte Leander die Truppe blamiert – etwa indem er bei mir geblieben war?

Wenn ja, dann waren seine Eltern spät dran mit ihrem Besuch. Zu spät für eine Organisation wie Sky Patrol.

»Nathan, uns rennt die Zeit davon«, klagte Clarissa. »Wir müssen zurück zu unseren Klienten. Hier ist er nicht, und – bist du dir denn überhaupt sicher, dass Attila die Wahrheit gesagt hat?«

Attila – wer war denn das? Den Namen hatte ich noch nie gehört, aber es konnte sich dabei nur um einen Wächter handeln. Kein Menschenkind hieß Attila. Der Trommelwirbel in Nathans Kehle steigerte sich zu einem Grollen.

»Warum sollte er lügen? Menschen lügen, nicht Sky Patrol.« Es folgte ein angespanntes Schweigen. Wahrscheinlich dachten wir alle drei dasselbe – nämlich dass Leander trotz dieser Behauptung verflucht gut und eifrig log. Und nun hatte er darüber hinaus etwas Fürchterliches angestellt – aber was nur?

»Attila hat ihn gesehen. Vom Fenster aus«, fuhr Nathan nach einer kleinen Pause geschraubt fort. »Er lässt Sofie Münster inzwischen ab und an eine halbe Stunde unbeaufsichtigt. Er kam gerade von einem – *Treffen* zurück.«

Sofie Münster – das war meine Sofie. Attila war also Sofies Körperwächter! Ich hielt unwillkürlich die Luft an. Mit dem Treffen spielte Nathan sicherlich auf das an, was Leander mir erzählt hatte. Dass Körperwächter Klassenfahrten liebten, weil sie dann zusammen draußen herumschwirren konnten. Clarissa stöhnte dramatisch auf, was sich bei ihr anhörte, als würde man auf spitzen Scherben herumtrampeln, die auf einer Metallplatte liegen.

»Ja, Clarissa. Attila hat es gesehen und es gibt keinen Zweifel. Unser Leander hat ein Menschenmädchen geküsst und sie hat …« Nathan schluckte vernehmlich. »Sie hat es gemerkt. Es hat ihr gefallen. Sie hat gelächelt! Sie lag die restliche Nacht wach, und Clarissa, du weißt, wie gefährlich Schlaflosigkeit werden kann!«

Ich erstarrte. Moment … Der Kuss. Sofies Geschichte von dem Kuss. Mein Gesicht begann zu pochen und wurde so heiß, dass ich am liebsten Decke und Kissen von mir geschleudert hätte. Leander hatte Sofie geküsst, nicht Serdan oder sonst wer! Es war Leander gewesen – mit Pfefferminzbonbon im Mund, das Sofie als Kaugummi interpretiert hatte. Sofie und mich trennte nur eine dünne Wand. Wenn er in ihrem Zimmer war, dann hatte er …

»Dann hat er also noch einen Körper«, vollendete

seine Mutter meinen Gedanken. Clarissas Stimme bibberte und bebte, als würde sie gleich einen Nervenzusammenbruch erleiden.

»Diese Vermutung liegt nahe«, bestätigte Nathan mit gerzwungener Ruhe. Nun pulsierte nicht nur mein Gesicht – nein, mein Puls war überall zu spüren, sogar in meiner Nasenspitze. »Es sei denn … Es sei denn, es war eine Berührung wie der Flügelstreif eines Schmetterlings, sacht und so unwirklich, dass das Menschenmädchen irgendwann glaubt, sie habe alles nur geträumt …«

»Nathan, wie redest du daher!?«, empörte sich Clarissa. Auch mir war trotz meiner Aufgewühltheit Nathans träumerische Wortwahl aufgefallen. Der Flügelstreif eines Schmetterlings. Taten das Wächter manchmal, wenn wir schliefen – sie berührten uns? Obwohl sie es eigentlich nicht durften? Und spürten es die Menschen – wie eine kleine, tröstende Geste? Doch solche Details waren jetzt nicht wichtig. Außerdem war es kein Flügelstreif gewesen. Sofie hatte sein Pfefferminzbonbon bemerkt. Ein Flügelstreif fühlte sich anders an. Leander hatte einen vollkommen wahrhaftigen Mund, Zähne und eine Zunge. Eine Zunge!?

»Leander!«, dröhnte Nathan noch einmal. Doch nichts regte sich. »Sagte Vitus nicht, er bleibe bei diesem Mädchen, um es zu beschützen? Und nun ist er nicht hier?«

»Na ja, sie schläft«, entgegnete Clarissa spitz. »Warum schläft sie überhaupt nachmittags? Machen Menschenmädchen das in diesem Alter? Teenager schlafen doch nachmittags nie, schon gar nicht auf Klassenfahrten. Vielleicht ist sie krank?«

Ich spürte, wie sich beide über mich beugten – eine unangenehm prickelnde Wärmewand. Ich versuchte angestrengt, nicht zu blinzeln.

»Wangen rot gefleckt, Schweißansatz auf der Stirn, erhöhte Pulsfrequenz, aber kein Fieber. Verliebt, schätze ich«, diagnostizierte Nathan. »Mit leichten Tendenzen von Liebeskummer. Leicht bis mittelschwer.«

»Pffft«, machte Clarissa abfällig. Aha. Von ihr hatte Leander das also. »Nathan, uns rennt die Zeit davon. Wir wissen nicht, ob Leander seinen Körper noch hat oder nicht. Lass uns einen schnellen Blick auf Sofie werfen und sehen, welchen Schaden er angerichtet hat. Und dann müssen wir über ein weiteres Disziplinarverfahren nachdenken. Wir könnten ihn nach Afrika verschicken. Oder nach Tibet. Weit, weit weg.«

Bitte, dann tut das doch, dachte ich wütend. Schickt ihn mitten in den Kongo, wo er in gärenden Sümpfen von Moskitos zerstochen und Schlangen gebissen wird. Leander hatte vor Kurzem begeistert von einem Tier namens Penisfisch erzählt, der irgendwo im Dschungel lebte und den Männern in die Harnröhre kroch, wenn sie im Wasser badeten. Dort verursachten diese Fischlein unerträgliche Schmerzen und wanderten durch den gesamten Körper, wenn sie Lust dazu hatten. Vielleicht hatte ich Glück und Leander fiel genau einem solchen Fisch zum Opfer. Ich gönnte es ihm.

»Lass uns rasch handeln, bevor unserer Truppe durch unsere Abwesenheit neue Schmach widerfährt«, beschloss Nathan eilig. Dann ertönte ein Geräusch wie eine explosive Verpuffung und Stille senkte sich über mich herab. Sie waren weg. Ich hätte aufspringen und Leander warnen, nach Sofie sehen müssen, doch ich blieb liegen und fühlte mich, als könne ich mich nie wieder bewegen.

»Es war schön«, hatte Sofie gesagt. Der Kuss war schön gewesen. Heute Nacht noch hatte ich mir gewünscht, dass die anderen Leander sehen und hören könnten. Dabei hatte Sofie ihn längst gefühlt. Deshalb war er so seltsam verändert gewesen, als er neben mir auf dem Bett gelegen und mich angeschaut hatte. Er musste gerade erst von seiner Kussexpedition zurückgekehrt sein. Daher sein wirres Gefasel von Wärme und dass nicht alles an unserem menschlichen Körper schlecht sei …

Ich hatte insgeheim geglaubt, er meinte mich damit. Meine Wärme. Ich hatte das zwar nicht zugeben wollen, aber so war es gewesen. Nur aus diesem Grund hatte ich seine Augen berührt. Dabei hatte er während seines ganzen Monologs keine Sekunde an mich gedacht. Sondern nur an Sofie.

Wie ist er nur auf so eine bescheuerte Idee gekommen?, fragte ich mich zornig und drehte mich mit brennenden Augen auf den Rücken. Doch nur wenige Momente später fiel es mir ein. Klasse gemacht, Luzie. Ich knallte mir beide Hände auf die Wangen. Ja, ich gehörte geohrfeigt. Denn niemand anderes als ich war es gewesen, der Leander auf diese Idee gebracht hatte. »Man merkt beim Küssen, ob man verliebt ist oder nicht«, hatte ich zu ihm gesagt.

Und dieser gehirnamputierte Körperwächter interpretierte das natürlich sofort als Aufforderung. Er küsste das nächstbeste Mädchen. Sofie. Meine einzige Freundin. Denn bei ihr im Zimmer, direkt nebenan, hatte er noch einen Körper. Alle anderen waren zu weit weg von mir, auf der anderen Seite des Flurs. Warum hatte er nicht Lena oder Steffi genommen? Die schliefen doch auch in diesem Zimmer. Warum ausgerechnet Sofie?

Nie, nie wieder würde ich ihm irgendetwas Privates erzählen. Nathan und Clarissa hatten recht. *Das* war wirklich eine Schande. Und so wenig ich Sky Patrol auch mochte – ich musste ihnen helfen. Sofie musste verkuppelt werden. Mit Serdan. Heute Abend. Sie war schon auf dem Serdan-Trip, also konnte ich das auch für mich nutzen. Für mich und Sky Patrol. Dann würde Leander schon sehen, was er davon hatte.

Sofie würde er jedenfalls kein zweites Mal küssen. Und hoffentlich schafften es die Cherubims endlich, ihn angemessen zu bestrafen. Es war Zeit für ein waschechtes, unbarmherziges Sky-Patrol-Disziplinarverfahren.

Ab mit dir in den Kongo, Leander von Cherubim.

HURLYBURLY

Ich glaub doch, dass es Serdan war, übte ich im Geiste zum cirka zehnten Mal. Ich musste überzeugend klingen. So überzeugend, dass in Sofie nicht der geringste Zweifel aufkeimen würde. Sie musste Serdan in die Arme fallen und er musste verdammt noch mal so gut küssen wie Leander, sonst würde er Ärger kriegen. Wenn er sie denn küsste. Seufzend schob ich mich von der Bühne im Gemeinschaftsraum, um den Testlauf im Kopf zu beenden und meine Vorbereitungsphase zu starten. Die Gelegenheit war günstig.

Draußen goss es wie aus Eimern, Leander war dauerabwesend und wir hatten die Aufgabe erhalten, Gruppen zu bilden und für den letzten Abend – also heute – eine Bühnenaufführung einzustudieren. Kleine Sketche, Songs, sportliche Vorführungen. Sportliche Vorführungen! Ich hatte sofort Billy und Serdan angeschaut, doch sie schüttelten beide unmerklich den Kopf, als sie meinen Blick bemerkten.

Seppo hatte heute sowieso seine Bewährungsprobe und war weiterhin fleißig damit beschäftigt, mich zu ignorieren. Er würde nicht zum zweiten Mal in Folge

Mist bauen, indem er mit uns einen kleinen Parkour-Trail trainierte. Außerdem galt die Aufgabe, uns etwas für den bunten Abend auszudenken, nur für uns, nicht für ihn und Kelly. Sie mussten uns dabei beaufsichtigen und die technischen Details regeln.

Also feilte ich mit Serdan an einer Breakdance-Nummer, was ungefähr so funktionierte: Serdan machte mir etwas vor und ich sollte es nachmachen. Wenn ich das nicht so tat, wie er es sich vorstellte, korrigierte er meine Haltung oder meine Moves und grunzte zustimmend oder ablehnend. Oder er zeigte mir die Bewegungen ein zweites Mal. Notfalls auch ein drittes Mal. Er redete also immer noch nicht. Das gestaltete mein Vorhaben mit Sofie nicht gerade einfacher. Andererseits war es wichtiger, dass er zuhörte und im Zweifelsfall küsste. Vielleicht reichte für den Anfang auch Händchenhalten oder Arm-in-Arm-dasitzen – ich wollte Frau Dangel ja nicht in eine Krise stürzen. Reden musste Serdan nicht zwingend. Jungs redeten meistens sowieso nur Schrott.

Ich war wild entschlossen, ihn heute Abend auf Sofie anzusetzen, gleich nach unserer Vorführung, wenn Herr Rübsam seine Gitarre auspackte und die Teelichter anzündete. Aber vorher musste ich mich vergewissern, ob Sofie auch bereit war mitzumachen. Es sollte schnell gehen, bevor einer der beiden es sich anders überlegte.

Und damit fing ich jetzt an. Unsere Breakdance-Nummer stand – das meiste hatten wir ja schon in den Hofpausen einstudiert –, die Musikauswahl auch. MP3-Files konnte die Stereoanlage nicht lesen und uns fehlte das Kabel, um einen unserer Player anzuschließen. Also hatte Serdan aus Herrn Rübsams zweifelhafter CD-Sammlung einen alten Song herausgesucht, *Amadeus* von Falco, irgendeinem Österreicher, der gar nicht mehr lebte. Aber die Musik hörte sich an, als wäre sie neu. Fast neu. Man konnte sich gut dazu bewegen und sie passte zu Breakdance. Ich mochte den Track.

Erst würden Serdan und ich gemeinsam tanzen, dann abwechselnd, dann synchron, dann machte Serdan ein paar seiner Robot-Moves – er war perfekt darin – und der Schluss des Songs gehörte mir. Freestyle. Ich freute mich darauf. Billys Job war, uns im passenden Moment je einen Hut zuzuwerfen, den wir gleichzeitig mit dem Kopf auffingen. Ohne die Hände zu Hilfe zu nehmen. Das hatte bisher kein einziges Mal geklappt, aber vielleicht hatten wir heute Abend Glück. Ansonsten würden wir so tun, als wäre es Absicht, dass sie auf den Boden fielen. Beim Breakdance war fast alles erlaubt, wenn es nur gut aussah.

Vorbereitet waren wir. Deshalb schlenderte ich nun zu Sofie hinüber, die mit Lena und Steffi auf dem Boden hockte und eine Szene aus einem Theaterstück einstudierte. Sie spielten darin drei Hexen und übten die Verse auf Englisch ein. Anscheinend war das heute nicht nur Seppos, sondern auch Sofies Bewährungsabend. Sie hatte sich schon testweise geschminkt und sah schauerlich aus.

»When shall we three meet again?«, rief sie mit verstellter Stimme.

»When the hurlyburly's done!«, antworteten Lena und Steffi krächzend im Chor, verbeugten sich und verzogen sich kichernd. Das war mittlerweile die typische Reaktion, wenn ich irgendwo auftauchte. Es wurde gekichert und dann tuschelnd die Flucht ergriffen.

»Hurlyburly?«, wiederholte ich fragend.

»Ist von Shakespeare«, antwortete Sofie schulterzuckend. »Die erste Szene von Macbeth. Ich versteh kein Wort, aber es bringt bestimmt Extrapunkte von Peterchen.«

Seit dem Streit im Wald sprachen wir nur noch von Elvira und Peterchen statt von Herrn Rübsam und Frau Dangel. Aber natürlich ausschließlich dann, wenn wir uns gerade in einer lehrerfreien Zone befanden. Wie jetzt.

»Ich glaube, es war doch Serdan. Mit dem Kuss«, startete ich ohne Vorwarnung meine Vorbereitungsphase. Die Situation war günstig – keine unerwünschten Mithörerinnen weit und breit.

Sofie ließ das rote Reclam-Heftchen in ihren Schoß sinken und schaute mit großen Augen zu mir auf – verdutzt, aber auch sehr entzückt.

»Eeeecht? Ich hab fast gar nicht mehr daran gedacht,

aber jetzt wo du es sagst ... Es war gar kein Traum«, sagte sie andachtsvoll. »Nein, es ist wirklich passiert.«

Oh. Super, Luzie. Eigentor. Die Cherubims hatten tatsächlich etwas mit ihr gemacht – nämlich ihr Gedächtnis beeinflusst. Sie hatte es fast vergessen! Trotzdem – es bestand die Gefahr, dass Leander seine Kussattacke wiederholen würde. Und das würde er kaum tun, wenn Serdan und Sofie gut sichtbar ein Paar waren. Zumindest hatte ich dann allerbeste Argumente, es ihm zu verbieten.

Serdan und Sofie. Hörte sich gut an. Fast so gut wie ... Luzie und Leander, führte ich meinen eigenen Gedanken ironisch zu Ende. Aber die Luzie-und-Leander-Zeiten waren vorbei. Falls es sie überhaupt jemals gegeben hatte.

»Warum denkst du jetzt auf einmal doch, dass es Serdan war?«, fragte Sofie versonnen.

»Weil er eben beim Proben dauernd zu dir rübergeguckt hat«, flunkerte ich. »Doch, Sofie, der steht auf dich. Bestimmt. Vielleicht kommt er ja heute Abend noch einmal auf dich zu? Und – macht irgendwas?« So, nun war meine Fantasie an ihre Grenzen geraten. Sofie war dran.

Ihre Augen weiteten sich. »Der letzte Abend ... Solche Sachen passieren meistens an einem letzten Abend«, raunte sie schwärmerisch. »Oh. Das wäre ... das wäre ... Mag ich ihn denn?«

»Klar magst du ihn«, beteuerte ich. »Du wirst ihn

mögen. Er redet nicht viel, aber er hat … er … er versteht sich super mit meinem Hund.« Einem pupsenden, missgelaunten Mischling, der aussah wie ein plüschiges Monster. »Mogwai liebt ihn! Er lässt sich von ihm sogar den Bauch kraulen.«

Sofie lehnte sich seufzend an die Wand und starrte mit verschleiertem Blick auf die Bühne. »Das ist alles echt aufregend, weißt du das, Luzie? Ich hätte nie gedacht, dass Serdan so gut küssen …«

»Ja, ich auch nicht«, schnitt ich ihr das Wort ab. »Ich geh jetzt noch mal duschen. Wir sehen uns beim Abendessen.«

Irgendwie war ich auf einmal sauer auf Sofie. Musste sie mir dauernd auf die Nase binden, wie toll Leander küssen konnte? Auf dem Weg zu meinem Zimmer kam mir Seppo entgegen. Alleine. Ich stellte mich mit ausgebreiteten Armen mitten in den Gang, sodass er mich nicht übersehen konnte.

»Was ist, Katz?«, fragte er unwirsch.

»Ich lebe noch, du Arsch«, zischte ich. »Also behandle mich auch so. Hallo, hier bin ich!«

Widerwillig sah er mir in die Augen. »Du verstehst das alles nicht, Luzie«, sagte er ausweichend.

»Was ›alles‹? Dass du als Betreuer beim Flaschendrehen mitmachst und erwischt wirst? Warum hast du überhaupt mitgemacht?« Oh Mist, Flaschendrehen. Wieso sprach ich das böse Wort aus? Ausgerechnet vor

Seppo! Schnell weiterreden, Luzie. Aber nicht mehr leise. Sondern laut.

»Ich wollte die Tür nicht zuhauen oder euch verraten. Ich wollte nur weg!«, schrie ich. »Und selbst wenn ich euch hätte verraten wollen – wieso regst du dich darüber auf? Du hast mir doch beigebracht, wie man das macht – gute Freunde zu verraten!«

Ich jagte an ihm vorüber zu meinem Zimmer. Nix wie weg.

»Du verstehst nicht, was mir das hier bedeutet!«, brüllte mir Seppo hinterher. Seine Stimme hallte in meinem Kopf nach, bis ich unter der Dusche stand und mir eiskaltes Wasser auf das Gesicht prasseln ließ. Oh, ich verstand Seppo sogar sehr gut. Es ging ihm um Kelly. Kelly war das ›alles‹. Er wollte Kelly begrapschen. Und ich hatte es ihm kaputt gemacht. Serdan musste gelogen oder sich kolossal geirrt haben, als wir uns im Frühjahr unterhalten hatten, unten am Rhein. Dieser verflixte Nachmittag, an dem Vitus mich allein gelassen hatte. Niemals konnte Seppo in mich verknallt gewesen sein. Das ging überhaupt gar nicht.

Ich beeilte mich, denn ich wollte vor dem Essen noch Serdan abfangen. Die Vorbereitungsphase war beendet, nun sollte die Offensive beginnen. In wenigen Minuten hatte ich mich geduscht, abgetrocknet, meine Haare trocken gerubbelt und mir schwarze Klamotten angezogen – so wie Serdan und ich es ausgemacht hatten.

Ich fand ihn im Gemeinschaftsraum, wo er für unsere Choreografie mit reflektierendem Band Markierungen auf die Bühne klebte. Denn nachher würde es dunkel sein, wenn wir anfingen, und es war hilfreich zu wissen, wo ich dann stehen musste, bevor wir uns beim Tanzen noch gegenseitig über den Haufen rannten.

Er blickte nicht auf, sondern riss mit den Zähnen ein weiteres Stück Band ab, das er sorgfältig auf den Boden heftete.

»Du musst Sofie küssen. Bitte«, sagte ich atemlos. Serdan hielt kurz inne. Doch er strich erst gründlich den Klebebandstreifen fest, bevor er langsam seinen Kopf hob und mich so verwirrt ansah, dass ich beinahe kichern musste. Seine schwarzen Augen aber schauten beklemmend ernst.

»Serdan, ich weiß, dass du nicht redest, ist okay, du musst auch nicht reden. Du musst sie nur küssen. Jemand hat sie heute Nacht geküsst und sie denkt, du warst es, sie ist verknallt in dich. Und ich möchte, dass ihr zusammen seid. Damit alle es sehen. Alle!« Vor allem Leander, dachte ich und merkte, dass meine Mundwinkel sich verkrampften. Serdan hörte nicht auf, mich anzusehen.

»Bitte, Serdan, du hast doch gesagt, wir sind eine Familie und dass man sich in einer Familie gegenseitig hilft, weißt du noch? Ich tu im Gegenzug auch was für dich, sag mir nur was, aber das mit Sofie, das – es geht nicht anders. Sie ist doch ganz hübsch, gut, ein bisschen mollig, aber das wächst sich aus, sagt meine Mutter, und du musst ja nicht hingucken, nur …« Ich konnte mir selbst nicht mehr zuhören. Das war ja grässlich, was ich da von mir gab. Vor allem aber konnte ich Serdans tiefem, forschendem Blick kaum mehr standhalten. »Bitte küss Sofie«, flüsterte ich.

»Nein, Luzie. Wenn ich jemanden küssen möchte, dann bist es du.«

Ich erschrak so sehr über Serdans unerwartete Worte, dass ich das Gleichgewicht verlor und beinahe hintenüber von der Bühne stürzte. Doch Serdan streckte zielsicher seinen Arm aus und brachte mich wieder in die Balance. Meine Beine zitterten. Unsicher ging ich in die Hocke, um auf der gleichen Höhe mit ihm zu sein. Was war das denn bitte gewesen?

»Du … du sprichst …«, stotterte ich. Und er hatte eine völlig andere Stimme bekommen. So tief und – erwachsen. Er klang wie sein Vater. Nur ohne türkischen Akzent. Und was hatte er überhaupt gesagt? Dass er mich küssen wolle? Mich? Er redete wochenlang nichts und das Erste, was er zu mir sagte, war, dass er mich küssen wolle? »Du sprichst«, wiederholte ich matt, als könne es ungeschehen machen, *was* er gerade gesagt hatte. Nämlich etwas völlig Unglaubliches.

Serdan legte die Klebebandrolle ab, blieb aber auf dem Bühnenboden sitzen. Er hob kurz die Schultern an – sein typisches gleichgültiges »Ishaltso«.

»Ich war im Stimmbruch. Aber ich glaub, jetzt ist es besser geworden. Kiekst nicht mehr so oft. Und ich küsse Sofie nicht.« Er stand auf, sprang federnd von der Bühne, tippte sich grüßend an die Schläfe und lief nach draußen.

»Scheiße«, fluchte ich und rieb nervös über meine Stirn. Da waren zu viele Gedanken in meinem Kopf. Ich musste Ordnung schaffen. Sonst würde ich noch so verrückt werden, wie ich in den Augen der anderen längst war.

Serdan war also im Stimmbruch gewesen und hatte sich geschämt zu sprechen? Das leuchtete mir nicht ein. Er hatte doch vorher schon eine recht tiefe Stimme gehabt. Das war ja das Coole gewesen. Ich war mit drei Jungs unterwegs und keiner von ihnen kiekste. Alle keine Kinderstimmen mehr. Aber vielleicht hatte Serdan einen Zwei-Stufen-Stimmbruch erlitten. Jedenfalls hörte er sich nun an wie achtzehn oder neunzehn. Wahnsinn.

Noch wahnsinniger aber war, was er zu mir gesagt hatte. »Wenn ich jemanden küssen möchte, dann bist es du.« Hieß das jetzt, er wollte mich küssen? Oder hieß das, er würde mich wählen, wenn man ihn unter Androhung schlimmster Folter zwingen würde, jemanden zu küssen? Dazwischen lagen nämlich Welten.

Oh, so langsam konnte ich das Wort »küssen« nicht mehr hören. Gab es denn nichts Wichtigeres? Doch, gab es. Ein vernünftiges Abendessen und unsere Breakdance-Aufführung. Die ich durchziehen würde, als wäre nichts gewesen. Serdan tat das hoffentlich auch. Und danach fand ich vielleicht noch jemand anderen, der Sofie küssen würde. Einen von den Stirnfrisuren. Irgendjemanden. Meinetwegen Herrn Rübsam.

Doch dieser Tumult in meinem Kopf musste ein Ende nehmen.

Rache schmeckt salzig

Es war zwar nicht das Wunder, das ich mir für diesen Abend gewünscht hatte, doch immerhin geschah eines: Die beiden Hüte landeten exakt im richtigen Moment auf Serdans und meinem Kopf und die begeisterten Pfiffe und das wohlwollende Johlen der anderen ließen angenehme Schauer über meinen Rücken rieseln. Deswegen scherte es mich auch nicht, dass die Hüte von einem blauen Schimmer begleitet worden waren, als sie durch die Luft segelten. Leander mochte sie zu uns gelenkt haben, ja, aber das Tanzen bewältigten wir ganz alleine und wir waren großartig.

Sogar Frau Dangel konnte sich ein verkrampftes Lächeln nicht verkneifen, während Herr Rübsam sich beim Applaus beinahe die Hände blutig klatschte. Sofie und ein paar andere Mädchen riefen »Zugabe!«, nachdem der Song abgelaufen war – gut, wahrscheinlich meinten sie damit Serdan und nicht mich, doch Serdan spielte die letzten Takte ein weiteres Mal ab und schickte als Erstes mich zurück auf die Bühne, bevor er dazustieß und wir nach Lust und Laune improvisierten. Irgendjemand brüllte: »Go, Luzie, go!« Billy? Oder gar Seppo?

Doch dann war der offizielle Teil des Abends beendet. Herr Rübsam schob die Kissen und Matratzen auf den Boden, zündete seine heiß geliebten Teelichter an und bestückte die Bühne mit weißen Stumpenkerzen. Allerdings schaffte er es nicht, sie vernünftig zum Brennen zu bringen. Als die Dochte zum dritten Mal im Wachs ertranken, wurde ich misstrauisch. Nein, vielleicht war der bunte Abend doch nicht vorüber. Einer von uns wollte noch auftreten – einer, den niemand sehen und hören konnte außer mir.

Er stiefelte in den Saal, als hätten wir sehnlichst auf ihn gewartet, setzte sich im Schneidersitz mitten auf die Bühne, stimmte seine Gitarre und sah sich gebannt um.

»Gut, dann eben nicht«, seufzte Herr Rübsam und ließ die Kerzen Kerzen sein. Es brannten ja schon etliche Teelichter. »Mädchen, Jungen, hört mal kurz zu!«

Es dauerte einige Zeit, bis wir still wurden. Herr Rübsam wartete geduldig. Dann erhob er seine Stimme – nicht viel, sondern nur so laut, dass wir ihn verstehen konnten, wenn wir uns anstrengten. Und seltsamerweise taten wir das.

»Ich danke euch«, fuhr er ruhig fort. »Ihr wisst, dass wir morgen wieder nach Hause fahren. Heute ist unser letzter gemeinsamer Abend. Deshalb wollen wir nun für ein paar Minuten schweigen und an das denken, was diese vier Tage uns gebracht haben. Ihr könnt die Augen schließen, sie offen halten, ihr könnt stehen oder sitzen oder liegen – nur eines dürft ihr jetzt nicht: reden.«

Oje. Diese Schnapsidee hatte Herr Rübsam bestimmt auf seinen religiösen Wochenenden aufgeschnappt. Doch für Serdan war es vermutlich die beste Aufgabe, die er jemals bekommen hatte.

»Ich habe hier einen Karton mit Münzen aus der ganzen Welt. Jeder von euch nimmt sich eine dieser Münzen, und wenn wir mit unserem Schweigemoment fertig sind, schenkt ihr eure Münze jemandem, der euch in diesen Tagen wichtig geworden ist oder den ihr mögt. In Ordnung? Ich habe in jede Münze ein Loch bohren lassen, sodass ihr sie an einem Band um den Hals tragen könnt. Jetzt kommt her und holt sie euch.«

Als wir alle eine Münze hatten – meine sah orientalisch aus, mit einem Halbmond und fremdartigen Schriftzeichen –, löschte Herr Rübsam das Deckenlicht und verkündete, dass wir nun »in uns gehen« würden. Es war also genau das Gegenteil von dem, was ich wollte. Ich wollte lieber aus mir rausgehen, weil in mir schreckliches Chaos herrschte und ich nicht mehr wusste, was ich denken und fühlen sollte.

Doch ich wäre gar nicht dazu gekommen, in mich zu gehen. Es war kaum still geworden, da begann Leander, die Saiten der Gitarre zu zupfen – perlend, weich und in Moll. Ich erkannte die Melodie sofort. Es war das Kaspar-Hauser-Lied von Reinhard Mey. Herrn Rübsams und Sofies Lieblingslied. Eine gewellte Strähne fiel in Leanders gebräunte Stirn und warf Schatten auf sein Gesicht, doch sein Huskyauge leuchtete durch die Dunkelheit, als trüge er einen funkelnden Stern zwischen seinen Wimpern. Einen schneeblauen Stern.

Niemand redete ein Wort, obwohl wir sonst Meister darin waren, den Unterricht zu stören und das zu tun, was wir nicht tun sollten. Es war fast, als würden die anderen auf etwas lauschen. Etwas ahnen. Spürten sie Leander?

»Den hat die Wölfin gesäugt«, sang er mit rauer Stimme. »Den hat die Wölfin gesäugt …«

Auf meinen Unterarmen bildete sich eine prickelnde Gänsehaut, die hoch zu meinem Nacken kroch und das enge, heiße Gefühl in meiner Kehle verstärkte. Leander sah so ernst aus – völlig versunken, als wüsste er ganz genau, wie es Kaspar Hauser ergangen war, angefeindet und gehasst von den Menschen, unverstanden und abgelehnt. Hatte Kaspar Hauser denn keinen Wächter gehabt? Hatte es niemanden gegeben, der auf ihn aufgepasst hatte? Er hätte im Grunde nicht nur einen gebraucht – nein, jemand wie Kaspar Hauser brauchte mehrere Wächter. Eine ganze Truppe.

»Ein Wintertag, der Schnee lag frisch, es war Januar …« Ich sah den Schnee vor mir, bläulich schimmernd wie Leanders Blick, und dann das Blut, rubinrot und so endgültig. Sie hatten ihn umgebracht. Einfach so. Weil er ihnen Furcht einjagte.

»Die Augen angstvoll aufgerissen, sein Hemd war blutig und zerschlissen. Erstochen hatten sie ihn, dort am Üttinger Feld … dort am Üttinger Feld …«

Wie konnte Leander als Körperwächter dieses Lied nur so bedeutsam und intensiv singen, dass es mir ein Gefühl verlieh, als habe alles keinen Sinn mehr? Warum kam ich mit plötzlich einsam und verlassen vor wie Kaspar Hauser selbst – und wie Leander? Kam Leander sich denn einsam vor? Und wieso tat er das – sich auf die Bühne zu setzen und zu spielen, obwohl nur ich ihn hören konnte?

Nein, ich hielt das hier nicht länger aus. Herr Rübsam sollte die Schweigeminute beenden. Jetzt. Bitte! Doch es blieb still. Alle anderen hatten die Augen geschlossen und lagen reglos auf dem Boden. Manche hielten sich sogar an den Händen. Ihre Gesichter waren entspannt und glücklich. Nur ich, ich war kein bisschen glücklich.

Wo waren Giuseppe und Kelly? Da, unter dem Fenster – auch Hand in Hand, ach, was heißt Hand in Hand – Arm in Arm! Ihr Kopf ruhte auf seiner Brust. Es war also passiert. Sie waren zusammen. Oh nein, das durften sie nicht. Seppo gehörte mir! Ich hatte hier nichts mehr verloren.

Ich stand auf und bewegte mich auf leisen Sohlen zum Ausgang. Behutsam schloss ich die Tür hinter mir und wollte gerade zu meinem Zimmer sprinten, als ich einen schmalen Schatten in der Ecke neben der Tür wahrnahm. Es war Serdan. Ich merkte, dass ich Herrn Rübsams Münze noch in meiner verschwitzten Hand hielt – so fest, dass ihr Rand Kerben in meine Haut drückte.

»Hey«, sagte Serdan leise. Wieder schockte es mich, wie tief und männlich seine Stimme geworden war. Im Vergleich zu ihm piepste Herr Rübsam, wenn er sprach. Und Sofie hatte recht mit dem, was sie am Schwimmbad gesagt hatte. Serdan sah nicht mehr aus wie vierzehn. Sondern wie achtzehn.

»Hey«, erwiderte ich schüchtern. Ich wusste auf einmal nicht, was ich sagen sollte. Aber ich konnte etwas tun. Es war ein spontaner Einfall, doch ich setzte ihn, ohne zu zögern, um und legte Serdan die warme Münze in seine Hand. Er griff zart nach meinem Unterarm und im nächsten Moment schmiegte ich meine Wange an seine Brust und seine Lippen berührten meine Stirn.

»Dann küss mich eben«, bat ich matt.

Ich wollte es, obwohl ich wusste, dass es nicht richtig war, weil Serdan mein Freund bleiben sollte, mein Freund und nichts sonst. Es sollte mich nur ablenken von diesem blöden, nervigen Gefühl in meinem Bauch, das immer bohrender wurde und das ich immer weniger vergessen konnte. Serdan reagierte nicht. Er hielt mich weiter bei sich und es war schön, von ihm gehalten zu werden, aber er machte keine Anstalten, mich zu küssen.

»Alles muss man selbst machen«, murmelte ich trotzig, hob den Kopf und drückte meinen Mund auf seinen, obwohl ich zu weinen begonnen hatte. Eine Träne löste sich aus meinem linken Augenwinkel und sickerte langsam zwischen unsere Lippen. Das ist also mein erster Kuss, dachte ich, und er schmeckt salzig. Es war nicht der Kuss, den ich mir gewünscht hatte, aber schlecht war er auch nicht. Serdan versuchte nicht, seine Zunge in meine Kehle zu stecken, nein, er wartete einfach ab, bis ich fertig war, und das ging schnell.

»Und?«, fragte ich. »Gut? Oder nicht gut?«

Ein schwaches Grinsen huschte über seine Lippen. Dann wurde er wieder ernst.

»Wem willst du eigentlich eins auswischen, Luzie? Etwa Seppo? Du bist doch gar nicht mehr in Seppo verknallt. Oder?«

»Nein, das bin ich nicht!«, rief ich heftig und merkte, dass es sogar stimmte. Wütend wischte ich über mein Gesicht, denn der verirrten Kuss-Träne waren weitere gefolgt. »Aber ich kann trotzdem nicht dabei zuschauen, wie er mit dieser blonden Tussi rummacht, es tut weh, es ist nicht fair, ich dachte immer, ich bin der wichtigste Mensch in seinem Leben … oder wenigstens so etwas Ähnliches …«

»Und in mich bist du auch nicht verknallt«, stellte Serdan fest.

»Ich – ich weiß es nicht! Keine Ahnung! Ich bin jedenfalls gerne bei dir im Arm«, gestand ich widerstrebend.

»Aber da ist noch etwas anderes, Luzie. Jemand anderes«, brummte Serdan in mein Haar. »Ich weiß das genau. Und zwar schon eine ganze Weile. Du erzählst uns nichts davon, aber irgendjemand oder irgendetwas ist da noch. Du verheimlichst etwas …« Er brach ab, weil seine Bärenstimme ein gefährliches Timbre angenommen hatte. Fast hätte sie gekiekst. Nun war seine Schweigerunde gekommen – und hoffentlich zog sie sich nicht wieder über Wochen und Monate hin. Im Moment hatte ich jedoch nichts dagegen.

»Da ist nix«, schwindelte ich. »Okay, gut, da ist etwas«, berichtigte ich mich, als ich Serdans tiefen Blick bemerkte, der sich in meine verweinten Augen stahl. »Aber ich kann nicht drüber sprechen. Und selbst wenn – ändern würde das auch nichts.«

Ich schlüpfte aus seinen Armen, obwohl ich gerne länger darin geblieben wäre, doch Serdan ließ mich nicht gehen.

»Wenn du es dir anders überlegst, dann redest du mit mir darüber, oder?«, hakte er nach – nun wieder auf sicherem stimmlichen Terrain. »Versprochen?«

»Versprochen«, erwiderte ich und schluckte die restlichen Tränen hinunter. Serdan deutete auf seine Lippen. »Noch einen«, sagte er knapp. »Als Besiegelung.«

»Okay«, flüsterte ich und stellte mich auf meine Zehenspitzen. Ich geriet ins Wanken, stützte mich aber mit der Hand an der Wand ab und öffnete genau in der Sekunde meine Lider, als ich meinen Kopf schräg legte und Serdans Lippen auf meine trafen – und schaute direkt in Leanders erschrockene Augen. Er stand so dicht bei uns, dass ich ihn hätte anfassen können. Sein Pfefferminz-Duschgel-Geruch streifte meine Nase – vertraut und gleichzeitig derart aufwühlend, dass ich schlucken musste.

Ein paar Sekunden lang blickte Leander mich fest an, ohne mit der Wimper zu zucken. Er sah fassungslos und verletzt aus. Verletzt? Ging das denn? Ich hielt seinem Blick stand. Selbst schuld, dachte ich grimmig. Er wandte sich ab, stürmte an uns vorbei und begann zu rennen, die Gitarre auf dem Rücken und eine Stumpenkerze in der Hand.

»Okay, genug jetzt. Hat ja eh keinen Sinn«, entschied Serdan bedauernd, nachdem er aufgehört hatte, seine Lippen auf meine zu drücken. Mein Mund schien zu brennen. Und das Durcheinander in meinem Bauch hatte sich nicht verbessert, sondern verschlimmert. »Lass uns noch ein bisschen zu den anderen gehen«, schlug er vor, als wäre nichts gewesen.

»Ich will Kelly und Seppo nicht beim Knutschen zusehen«, bockte ich.

»Musst du ja auch nicht. Das werden die vor Peterchen und Elvira sowieso nicht durchziehen. Mach kein Theater, Katz, das ist der letzte Abend.«

»Zum Glück!«

Serdan grinste zwar, aber sein Blick wirkte ein wenig traurig. Nicht so entsetzt wie der von Leander, aber traurig.

»Ich bin froh, dass du wieder redest. Ehrlich«, sagte ich, um ihn aufzumuntern.

»Schon gut, Katz«, murmelte er und schob mich zurück in den Gemeinschaftsraum, wo Herr Rübsam mit seliger Miene auf seine Gitarre einprügelte. *Lady in Black.* »Aa-ah-haaa-haaaa-hahahaaaahahahaaaa«, grölten alle. »Aa-aaaa-hahahaaaa-hahahahaaaa.« Ja, vielleicht sollte ich wirklich noch eine kleine Weile dabeibleiben, obwohl Sofie mich mit ihren Blicken tötete, weil Serdans Hand noch auf meiner Schulter gelegen hatte, als wir den Raum betreten hatten.

Aber seit seinem Kuss war mir alles ein bisschen egal geworden. Wenn die Klassenfahrt ausgestanden war, würde ich in einer ruhigen Minute mit Seppo reden. Und mit Sofie. Vielleicht auch mit Leander.

Doch jetzt, in diesem Moment, wollte ich nur neben Serdan an der Wand sitzen, meinen Mund halten und den anderen beim Singen zuhören. Und nicht daran denken, dass ich mir meinen ersten Kuss immer vollkommen anders ausgemalt hatte.

Immerhin hatte ich jemanden geküsst, den ich mochte. Sehr sogar. Und davon hatte Leander überhaupt keine Ahnung.

Sieben Tage lang

Als Herr Rübsam sich in Trance gesungen hatte und schon wieder *Lady in Black* anstimmte, begann mein Kopf zu schmerzen und ich brauchte dringend frische Luft. Es sah ganz so aus, als habe Herr Rübsam die Zeit vergessen. Es war schon nach dreiundzwanzig Uhr und er hatte noch keinen einzigen Versuch unternommen, uns ins Bett zu schicken. Doch meine Blicke wanderten immer wieder zu Seppo und Kelly und das wollte ich mir nicht länger antun.

Serdan hatte schon recht. Ich war nicht mehr in Seppo verknallt – wahrscheinlich war ich es nie richtig gewesen. Trotzdem kam es mir vor, als wäre ich verraten und betrogen worden, wenn ich ihn so dicht neben Kelly sitzen sah. Am liebsten wäre es mir gewesen, wenn Seppo niemals eine Freundin finden würde. Dass wir zusammen Parkour machten wie früher und unser neuer geheimer Pakt war, dass keiner von uns sich verlieben durfte. Denn diese blöden Verliebtheiten ruinierten alles.

Ich hatte genug davon. Ich wollte wieder normal sein. Und die beste Methode, wieder normal zu werden, war, eine ausgiebige Portion Schlaf zu bekommen. Gähnend trottete ich den Gang zu meinem Zimmer entlang und für einen Moment beschlich mich das schlechte Gewissen. Hätte ich Leander warnen sollen, nachdem seine Truppe hier gewesen war? War es fair, ihm nichts davon zu sagen? Doch ich hatte ihn nicht sehen und schon gar nicht sprechen wollen. Außerdem waren seine Eltern so in Eile gewesen, dass sie ihn sicher nicht mehr gesucht hatten. Sie wollten schließlich erst über ein Disziplinarverfahren nachdenken und nicht gleich eines in die Wege leiten.

Dennoch zog ich automatisch die Schultern hoch, als ich mir Leander in einem tropischen Sumpf vorstellte, wo er irgendwelche bettelarmen Eingeborenenkinder bewachen musste. Er würde verzweifeln – ein Gedanke, der mich zugleich bedrückte und erheiterte. Allerdings, stellte ich eine Spur ernüchtert fest, würde das mit dem Penisfisch nicht funktionieren, denn ich würde ja kaum mit in den Kongo gehen und somit würde er wieder durchsichtig werden. Nicht greifbar. Aber vielleicht spürte er die Hitze und die Moskitos trotzdem? Konnten sie das überhaupt tun – ihn zwingen, dort hinzugehen? Oder waren das nur leere Drohungen gewesen?

»Es ist genug für alle daaaaaa …«, schallte es gedämpft durch den Flur – aber nicht aus dem Gemeinschaftsraum, sondern aus meinem Zimmer. Ich stutzte und blieb stehen, um zu lauschen. War das etwa Leanders Stimme gewesen?

»Kommt, lasset uns trinken, sieben Tage lang, wir haben Durst. Hicks!«

Ja. Es war eindeutig Leanders Stimme. Die letzten Meter legte ich im Eilschritt zurück und riss ohne Vorwarnung die Tür auf. Ich fand mich im absoluten Chaos wieder. Leander hatte sich aus Elenas zurückgelassenen Leintüchern eine Hängematte gebastelt, die er zwischen der Kleiderstange und dem Bettgestell befestigt hatte, was dem Schrank nicht sonderlich gut bekommen war. Er befand sich in einer gefährlichen Schräglage, ebenso wie Leander, der sein linkes Bein lässig baumeln ließ und mit schwungvollen Bewegungen die Saiten der Gitarre bearbeitete. Auf dem Fensterbrett brannte eine Stumpenkerze. Die ganze Heizung war mit Wachs beschmattert. Außerdem hatte er aus unerfindlichen Gründen meinen Koffer ausgeleert. Als Leander mich sah, stockte er und kloppte einen schrägen Schlussakkord. Jetzt entdeckte ich auch die angebrochene Flasche Wodka, die in seinem Hosenbund steckte. Auf dem Boden lag eine zerquetschte Bierdose – inmitten einer schaumigen Pilspfütze, die sich gerade ihren Weg zu meinem Koffer bahnte.

»Luzie, altes Haus!«, brüllte Leander freudig. »Sing mit! Es ist genug für alle daaaaaa – so lasset uns trinken, sieben Tage lang, kommt, lasset uns trinken, wir haben Duuuurst …« Er erhob die Wodkaflasche und wollte mir zuprosten, verlor dabei aber das Gleichgewicht und krachte samt der improvisierten Hängematte zu Boden.

Ich fing die Flasche auf, bevor sie zu Bruch gehen konnte. Grunzend rollte Leander vor meine Füße. Mit einem seligen Lächeln schloss er die Augen.

»Luzie, mein Engelchen … weißt du was? Wenn ich trinke, werde ich nicht durchsichtig … jedenfalls konnte ich mich ganz deutlich sehen und war richtig schwer, obwohl du eigentlich zu weit weg warst. Ja, ich konnte mir eine Hättemange – nee – eine – Hä … Häää …«

»Hängematte«, half ich ihm auf die Sprünge.

»Genau!« Er stieß einen Zeigefinger in die Luft. »Hängematte basteln. Und mich reinlegen. Ganz echt. Wie Menschen! Sie hat sich ausgebeult. Ich bin durch und durch menschisch. Aber du, du, Luzie …« Nun schoss der Zeigefinger auf mich zu und bohrte sich in mein Knie. »Du bist ein böses Mädchen. Ein gemeines, böses Mädchen.«

Er hörte auf zu grinsen und wollte mir die Wodkaflasche aus der Hand zerren, um einen weiteren Schluck zu nehmen, doch ich versteckte sie hinter meinem Rücken.

»Trink mit mir«, lallte er. »Und sei nicht mehr so gemein. Hicks! Sei nicht immer so gemein …«

»Ich und gemein?« Ich verfrachtete die Wodkaflasche in eine Schublade und versuchte, den Schrank wieder ins Lot zu bringen. Vergeblich. Seufzend klaubte ich die Bierdose vom Boden und warf sie in den Mülleimer. »Ich bin nicht gemein, Leander. Du bist gemein. Du hast Sofie geküsst.«

Ich wusste zwar nicht genau, warum das gemein war, aber es fühlte sich so an und Leander konnte sowieso nicht mehr logisch denken. Er war sturzbetrunken.

»Woher …?« Schwankend richtete er sich auf und rutschte in der Hocke gegen die Bettkante. Er fuhr mit der Hand durch die Bierlache, um sich anschließend die Finger abzulecken.

»Lass das!«, sagte ich grob und zog ihm den Daumen aus dem Mund. Mit Elenas Kopfkissenbezug wischte ich die Lache auf. »Ich weiß es, weil deine lieben Eltern hier waren. Sie haben dich gesucht. Und sie wissen es von Attila.«

»Hehe.« Leander begann zu lachen. »Eleeehehehehe. Attila. Der alte Sacksaft. Saftsack. Hicks! War wohl neidisch. Hach ja. Mutter ist bestimmt in die Luft gegangen, was?«

»Liegt wohl in der Natur der Sache«, antwortete ich kühl. »Jedenfalls denken sie über ein Disziplinarverfahren nach. Sie wollen dich in den Kongo schicken.«

Leanders Lachen wurde so ansteckend, dass ich ein Grinsen nicht unterdrücken konnte. Sein Bauch bebte und seine Augenwinkel wurden feucht.

»In den Kongo! Ha! Das wollten sie mit Onkel Gunnar auch tun. Hat nicht geklappt. Weil sie es eigentlich gar nicht wollten … Wir Cherubims agieren nicht in Entwicklungsländern. Einer der Grundsätze unserer Truppe. Niemals schicken die mich in den Kongo. Nie!

Die tun höchstens so … Die alten Schlaumschäger … Schschhh …«

»Schaumschläger. Warum hast du Sofie geküsst? Warum?«, fragte ich zornig.

Leander hörte auf zu lachen. »Aber du hast doch gesagt, dass man sich dabei verliebt – oder erfährt, ob man verliebt ist, und ich, ich … ach …«

»Was ach? Drück dich mal klar aus!«, blaffte ich ihn an.

»Jedenfalls hat es geklappt«, stellte Leander selbstgefällig fest und strich sich über die Brust. Mir schoss die Hitze ins Gesicht.

»Was hat geklappt – du bist in Sofie verliebt?«

»Neiiin, Luzie. Sie ist in mich verliebt. Sie hat den ganzen Morgen nur gelächelt und sich seltsam benommen, ich hab sie krank gemacht …«, erklärte er stolz. »Ich, Leander von Cherubim, ein gebürtiger Sky Patrol, hab ein Menschenmädchen krank gemacht.«

»Aber darum geht es doch gar nicht. Das nützt nichts, weil sie dich nicht sehen kann. Sie denkt, es war Serdan. Vor allem musst *du* etwas dabei fühlen und das kannst du nicht, weil du ein Wächter bist, also hat es gar keinen Sinn, dass du irgendjemanden küsst, weil niemand dich sieht und niemand mit dir zusammen sein kann, kapierst du das denn nicht?«

Leanders Blick wurde starr und sein Hicksen verwandelte sich in ein unappetitliches Gurgeln.

»Luzie … Da passiert gerade was mit mir … Verliebt sein ist das nicht, aber … oooh … ohhh …«

Geistesgegenwärtig griff ich nach seinen Schultern und zog ihn rüber ins Bad, wo ich seinen Oberkörper mit letzter Kraft auf die Klobrille hievte. Dann schloss ich die Tür, setzte mich neben ihn und half ihm beim Kotzen, was so ziemlich das Widerlichste war, was ich jemals getan hatte – sah man mal von der Mutprobe ab, bei der ich eine überfahrene Kröte hatte ablecken müssen. Und dem Tag, an dem Mogwai Durchfall hatte und in den Hausflur schiss. Was ich anschließend aufwischen musste. Mit einem dünnen Lappen! Pfui …

»Oh Gott«, stöhnte Leander, als er fertig war, und bettete seinen Kopf auf die Klobrille. Ich drückte die Spülung, riss ein Stück Klopapier ab und wischte ihm den Mund sauber. »Das ist ja grauenvoll … Ich will sofort wieder durchsichtig werden … sofort!«

»Du siehst ziemlich durchsichtig aus, falls dich das tröstet«, murmelte ich. Er machte einen jämmerlichen Eindruck. Seine Wangen hatten einen ungesunden bläulichen Schimmer bekommen und auf der Stirn bildeten sich winzige, weißlich glitzernde Schweißtröpfchen. »Mann, Leander, du hast noch nie in deinem Leben einen Schluck Alkohol getrunken und das war viel zu viel auf einmal … Wo hast du das Zeug überhaupt her?« Ich feuchtete einen Waschlappen an, um ihm die verklebten Haare aus den Schläfen zu streichen, und legte ihn dann auf seinen Nacken. Mit beiden Armen umklammerte er die Kloschüssel.

»Oh Luzie, das ist doch euer Alkohol. Von Marvin und Leon. Hab ihn konfisziert, weil das Zeug scheiße ist. Hab ich dir auf der Hinfahrt schon erklärt. Es vernebelt euren Geist, eure Reaktionen werden langsamer, ihr spürt nur noch ganz wenig, wenn ihr davon trinkt, obwohl ihr glaubt, viel zu spüren …« Er rülpste laut.

»Und dann musst du es unbedingt selbst tun? Obwohl du das alles weißt? Das verstehe ich nicht.«

»Ich muss nicht. Aber ich wollte«, sagte Leander mit schwerer Zunge. Er klang heiser und erschöpft. »Ich wollte dieses blöde Gefühl in meinem Bauch wegkriegen und ich wollte nicht mehr sehen, wie du Serdan geküsst hast. Das war immer in meinem Kopf, dieses Bild, jede Sekunde, Serdan mit Luzie, Luzie mit Serdan, ich hab es nicht mehr weggekriegt, egal, was ich gemacht hab. Ich hab gesungen und getanzt und gegessen und versucht zu schlafen, aber immer hab ich dich gesehen und diesen Kamelreiter … Dabei wollte ich dich eigentlich suchen, um dir bei Kerzenschein was vorzuspielen, ganz mutig, und danach … oooh … Luzie … es geht wieder los …« Er fing an zu würgen und beugte sich über das Klo.

»Luzie?« Jemand hämmerte an die Badezimmertür. »Luzie, bist du da drin? Ist alles in Ordnung?« Sofie. Scheiße, was sollte ich denn jetzt machen? Konnte sie Leander hören? Er hatte eben gesagt, dass der Alkohol ihm seinen Körper verliehen hatte. Doch das bedeutete noch lange nicht, dass er auch für andere zu hören und zu sehen war … Wahrscheinlich war er nur für mich zu sehen. Doch sicher war ich mir nicht. Leander griff schnaufend nach oben und drückte die Spülung. Na, *die* hörte Sofie auf jeden Fall. Und den Strahl des Wasserhahns, mit dem Leander sich ausgiebig den Mund auswusch und gurgelte.

»Ist dir schlecht, Luzie? Hier riecht es so komisch. Und dann das Chaos in deinem Zimmer … Mach doch auf, Luzie!« Ich stemmte mich fest gegen die Tür. Zum Glück hatte ich eben noch die Wodkaflasche und die Dose weggeräumt. Aber offensichtlich hing der Biergestank noch in der Luft.

»Geht gleich wieder!«, rief ich betont munter. Leander rollte sich wie ein Baby auf dem Badezimmerteppich zusammen, die Hände auf seinen Bauch gepresst.

»Mein Bauch … mein Kopf … meine Kehle … Alles tut so weh …«, klagte er leise.

»Soll ich Herrn Rübsam holen? Ich ruf Herrn Rübsam, okay, Luzie?«, rief Sofie von draußen. »Bin gleich wieder da!«

Oh nein. Bitte nicht Herrn Rübsam. Doch Sofie hatte sich schon auf den Weg gemacht.

»Pass auf, Leander – kannst du mir zuhören?« Er nickte schwach und schob sich zwei Pfefferminzdrops in den Mund. »Geh ein bisschen an die frische Luft, nach draußen in den Burghof. Und nimm dir eine Flasche Wasser mit. Leg dich irgendwo hin, in einer dunklen Ecke, und warte auf mich. Ich komme gleich, ich bin in zehn Minuten bei dir, okay? Kannst du das?« Er nickte erneut. »Dann schnell!«

Ich half ihm auf die Beine. Er musste verschwinden, bevor Herr Rübsam und Sofie kamen, denn die Gefahr war zu groß, dass er sich durch den Alkohol sichtbar gemacht hatte und sie ihn sehen konnten. In Schlangenlinien torkelte er den Gang hinunter, weit weg vom Gemeinschaftsraum. Ich huschte zurück ins Bad und hatte mich gerade neben das Klo sinken lassen, als Herr Rübsam und Sofie in der Tür standen.

»Luzie, mein Gott, was ist denn passiert, du bist ja ganz blass!« Herr Rübsam ging vor mir in die Knie und klopfte mir auf die Wangen. Er wäre auch blass gewesen, wenn er sich hätte ansehen müssen, was ich mir gerade angesehen hatte.

»Geht schon«, versuchte ich, ihn zu beruhigen. »Hab wohl was Falsches gegessen.« Hoffentlich hatte Leander es heil bis nach draußen geschafft. Hoffentlich …

»Luzie …!?« Herr Rübsam schnüffelte wie ein Fährtenhund und seine Besorgnis verwandelte sich flugs in Misstrauen. »Ich rieche Alkohol. Hier riecht es nach Alkohol. *Du* riechst nach Alkohol!« Anklagend zeigte er auf meine Hose, wo ein großer, feuchter Bierfleck prangte.

»Ich hab nix getrunken, ehrlich. Hier war eine Bierlache auf dem Boden, als ich ins Zimmer gekommen bin, aber die war nicht von mir, sondern von … von …«

»Vom heiligen Geist, was?« Herr Rübsam schnappte sich mein Handgelenk und zog mich nach oben. »Meine liebe Luzie, ich kann eins und eins zusammenzählen. Hier riecht es nach Alkohol und dir ist übel. Du hast getrunken! Weißt du, was das bedeutet? DEINE MUTTER BRINGT MICH UM!« In seinen Augen flackerte Panik auf.

»Sie muss es ja nicht erfahren«, beschwichtigte ich ihn. »Außerdem hab ich nichts getrunken. Ich hab noch nie was getrunken, ich schwöre es …«

»Zu mir ins Zimmer!«, befahl er. »Dort nüchtern wir dich erst mal aus und dann überlege ich, wie es weitergeht. Oh Herr im Himmel, wie soll es nur weitergehen?«

Herr Rübsam machte ernst. Zehn Minuten später hatte er mich auf sein Bett gelegt, vorsorglich einen Eimer danebengestellt, mir ein Glas Wasser gebracht und verkündet, sich mit Frau Dangel wegen weiterer Schritte zu beraten. Ich hatte ihn mehrmals angehaucht, um ihm zu beweisen, dass ich nichts getrunken hatte, doch das interessierte ihn nicht. Jetzt war ich in seinem Zimmer eingeschlossen und konnte nicht nach draußen, wo Leander voll wie eine Haubitze auf dem Burghof herumstakste.

Ich öffnete das Fenster und lehnte mich weit hinaus.

»Leander?«, rief ich gedämpft. Mir war völlig gleichgültig, ob mich jemand hörte oder nicht. Ich war offiziell betrunken. Da war alles erlaubt. »Bist du da?«

Keine Antwort. Mit pochendem Herzen sah ich mich um. Es war eine dunkle Nacht, doch nun kämpfte sich ein fahler Mond zwischen den Wolken hindurch und warf wild gezackte Schatten auf die Burgmauern über dem Schwimmbad. Nanu? Einer der Schatten bewegte sich. War ich doch betrunken? Ich schloss kurz die Augen und öffnete sie wieder. Nein, ich war nicht betrunken. Und das war auch kein Schatten. Es war eine Gestalt, die mit ausgebreiteten Armen die Mauer entlangbalancierte, eine Gestalt mit nackenlangen Haaren, zerlöcherten Jeans und im Nachtwind flatternden Fransen eines Stirntuchs …

Ich musste sofort zu ihm. Was suchte er da oben? Das, was er hier tat, war schon nüchtern und am helllichten Tag höllisch gefährlich, aber nun war es stockfinster und er betrunken. Wie hatte er gesagt? Alkohol verursachte verlangsamte Reaktionen. Nichts war beim Klettern und Balancieren schlimmer als verlangsamte Reaktionen. Das hatte auch Seppo uns immer wieder eingebläut. Niemals trinken und Parkour machen. Und das, was Leander hier tat, *war* Parkour – oder wenigstens so etwas Ähnliches. Er würde abstürzen, wenn ihm nicht jemand da runterhalf. Und er hatte einen Körper. Ich konnte ihn sehen, aus mindestens zwanzig Meter Entfernung … Wenn er einen Körper hatte, konnte er sich auch verletzen. Er konnte sterben!

Ehe ich meine Gedanken zu Ende führen konnte, hockte ich auf dem Fensterbrett, setzte meine Füße auf den Dachfirst und schob mich bäuchlings bis an die Ecke des Hauptgebäudes, wo sich ein Wasserrohr nach unten wand. Wunderbar – das hatte ich schon oft getan, mich an Rohren entlangzuschlängeln. Denn fast jedes Rohr war in regelmäßigen Abständen mit Metallklammern an der Wand befestigt, an denen man sich mit den Füßen und Händen abstützen konnte. Und das war auch bei diesem Rohr der Fall. Kurz vor den Fenstern des Erdgeschosses holte ich Luft und sprang. Knie anziehen, weich landen, nach vorne abrollen – perfekt.

Im Laufschritt steuerte ich das Schwimmbadgelände an. Leander befand sich noch immer auf der Ruine und nun hörte ich ihn auch singen. »Nights in white Satin … never reaching the eeeend …« Ja, da sagte er was Wahres. Diese Nacht schien kein Ende zu nehmen und sie wurde immer furchtbarer. Wie war er nur da hochgekommen? Wenn ich ihn rief, würde er möglicherweise so sehr erschrecken, dass er das Gleichgewicht verlor und abstürzte. Ich musste mich von hinten an ihn heranpirschen, durch das Gestrüpp, und ebenso wie er die Mauer hochklettem. Oder war er geflogen? Konnte er das denn noch?

Ich stahl mich durch den Burghof, immer im Schatten und an den Wänden, damit mich niemand entdecken konnte, bis ich über ein Mäuerchen und zuletzt durch einen wagemutigen Sprung auf die Waldseite gelangt war. Vor der höchsten Ruine, auf der Leander immer noch herumstolzierte, wartete ich einen Augenblick, bis mein Atem zur Ruhe gekommen war. Dann begann ich mit dem Aufstieg.

Konzentriert arbeitete ich mich nach oben. Das hier war etwas vollkommen anderes als eine Hauswand, die man vorher abchecken und nach Hilfen untersuchen konnte. Ich sah fast nichts und immer wieder rutschten meine Hände an den verwitterten Felsvorsprüngen ab oder glaubten, einen Halt zu finden, wo keiner war. Schutt und Steine rieselten auf meinen Kopf und einmal musste ich mehrere Sekunden lang innehalten, weil ich Sand in die Augen bekommen hatte und nichts mehr erkennen konnte. Langsam verließ mich meine Kraft. Das hier war nicht Parkour, sondern Bergsteigen. Die Muskeln in meinen Armen brannten und mein Atem ging nur noch stoßweise. Doch ich musste leise bleiben, ganz leise …

Los, Luzie, nur noch einen Meter, mehr nicht, feuerte ich mich im Geiste an. Das schaffst du … Schweißgebadet kämpfte ich mich über den letzten Vorsprung. Ich war oben. Gott sei Dank.

Leider aber auf der falschen Mauer. Einer hohen, schmalen, unebenen Mauer, getrennt durch eine kleine Schlucht von jener Mauer, auf der Leander wie ein Schlafwandler herumtaperte. Noch mal hinunterzuklettern und die richtige Mauer zu erklimmen war jedoch undenkbar. Das würde mich zu viel Zeit kosten. Ich musste springen, so wie ich es unzählige Male auf YouTube bei anderen Traceuren gesehen hatte. Bei David. Der mich davon abhalten würde. Und erst Seppo … »Tu es nicht, Luzie«, hörte ich seine Stimme in meinem Kopf. Aber Seppo hatte auch keinen betrunkenen Schutzengel, den er retten musste.

Ich war eine der besten Weitspringerinnen des gesamten Jahrgangs, obwohl ich klein war. Ich würde das schaffen. Es waren schätzungsweise zwei Meter, allerhöchstens drei. Ich musste nur mein Gleichgewicht halten, einen ordentlichen Anlauf nehmen und nicht im letzten Moment feige werden. Schwung hatte ich immer genug.

Und die Landung? Wie landete man auf einer schmalen Mauer? Abrollen konnte ich mich hier nicht.

Aber dieser Gedanke kam zu spät. Ich war bereits losgerannt. Das lockere Gestein knirschte unter meinen Sohlen, als ich absprang. Dann flog ich über den Abgrund. Und jetzt – landen. Füße nebeneinander, Luzie! In den Knien nachgeben! Weich federn! Konzentrieren! Ich geriet sofort ins Rutschen. Wie ein Trapezkünstler streckte ich meine Arme seitlich aus, um meine Balance zu finden. Doch sie wollte nicht bleiben. Immer wieder riss es mich gefährlich nach rechts und links. Schließlich ließ ich mich nach vorne plumpsen und krallte meine beiden Fäuste um die Mauersteine. Hart prallte mein Oberkörper gegen die Brüstung und ich biss mir die Lippe auf, doch ich rutschte nicht mehr. Geschafft.

Alles war in absoluter Stille geschehen und auch jetzt zwang ich mich, so leise wie möglich zu atmen, obwohl ich vor Anspannung am liebsten laut geschrien hätte.

Leander hatte mich nicht bemerkt. Der Alkohol hatte ihn anscheinend vollkommen benebelt. Vorsichtig sah ich mich um. Es gab tatsächlich kaum Platz, um mich aufzurichten und eine sichere Position einzunehmen. Mein unfreiwilliges Parkourgelände war nur eine verdammt hohe und verdammt schmale Mauer, die direkt vor mir leicht anstieg. Unter uns erstreckte sich zur einen Seite der Steinboden des Schwimmbadgeländes, zur anderen Seite der Wald. Wenn wir stürzten, war das unser Tod.

Ich hob mein Kinn an und schaute hoch. Leander stand mit dem Rücken zu mir auf dem höchsten Punkt der Mauer, den Kopf in den Nacken gelegt, die Arme zum Mond erhoben. Lautlos robbte ich ihm entgegen.

Ich musste ihn irgendwie in die Bauchlage zwingen, zu mir herunter. Möglichst viel Fläche, um möglichst viel Gleichgewicht zu bekommen. Denn meine innere Stimme sagte mir, dass er im nächsten Moment springen wollte. So wie ich eben – aber hinüber auf die dritte Mauer. Das, wovon ich am ersten Tag hier geträumt hatte. Parkour über die Burgruinen.

Doch einen Sprung auf die dritte Mauer würde niemand schaffen. Nicht einmal David. Und erst recht kein betrunkener Schutzengel, selbst wenn er manchmal fliegen konnte.

»Just what I'm going through they cannot understand«, sang Leander leise und erstaunlich klar, bevor er in die Knie ging und mit pendelnden Armen Schwung holte. Blitzschnell wuchtete ich meine Hände nach vorne, stemmte meine Fußspitzen fest in das Gemäuer, um mich zu stabilisieren, und packte Leanders Knöchel.

Wenn wir jetzt abstürzten und uns den Hals brachen, taten wir es wenigstens zusammen.

ABSTURZGEFÄHRDET

Die nächsten Sekunden vergingen so langsam, dass ich das Gefühl hatte, mir alles in Zeitlupe ansehen und gleichzeitig ausmalen zu können, was für Folgen es haben würde: Leanders Füße, die ins Straucheln gerieten und abrutschten, als er sich zu mir umdrehte. Wie er zur Seite kippte und mich mit sich riss, weil ich immer noch seine Knöchel umklammerte. Unsere gestreckten Arme, die einen Zweig festhielten, der aus der Mauer ragte, in der Hoffnung, er könne uns vor dem Absturz bewahren. Der trockene Regen aus Blättern und Zweigen, der sich über uns ergoss, als der Ast brach. Und dann das Fallen … so lange …

Ich dachte an Mama und Papa, an den kleinen Sarg, den Papa für mich nun bestellen musste, und überlegte mir, wie Seppo wohl reagieren würde, oh, und erst Serdan, Sofie, Billy. Und trotzdem war ich froh, dass wir auf der Seite zum Wald hin fielen, denn hier würde der Aufprall nicht ganz so scheußlich wehtun wie auf dem Steinboden des Schwimmbadgeländes, bevor wir ohnmächtig wurden und starben.

Dann war die Zeitlupe mit einem Mal vorbei und der Wald raste auf uns zu. Jetzt, dachte ich. Jetzt geschieht es.

Doch kurz vor dem Aufprall flutete ein heißer Schauer über meinen Rücken und Leander schlang die Arme um meinen Leib und riss mich mit einem wütenden Aufschrei um meine eigene Achse. Ich landete weich – so weich, dass ich mir nicht einmal einen Kratzer holte. Die Wucht des Sturzes nahm mir lediglich für einen Moment die Luft, aber das kannte ich schon von meinen früheren Unfällen. Das ging vorbei.

Ich schloss meine Augen und ging im Geiste Stück für Stück meinen Körper durch. Füße: kribbelnd, aber beweglich. Beine: okay. Arme: kalt und schmerzfrei. Kopf: ebenfalls in Ordnung. Nur mein Bauch war ungewöhnlich warm. Oder lag er auf etwas Warmem? Es hatte den ganzen Nachmittag geregnet und es war kühl geworden, der Waldboden konnte das nicht sein … War ich vielleicht doch tot?

»Oooh … aaaaahhh …«, stöhnte es direkt unter meinem Gesicht. »Ich ersticke …«

Ich hob mühsam den Kopf. Doch, es gab etwas, was wehtat. Mein Nacken. Ich musste ihn mir beim Aufprall gestaucht haben. Leander lag rücklings unter mir, die Arme immer noch ausgebreitet, den Blick an mir vorbei in den schwarzen Himmel gerichtet. Sein Gesicht war schmerzverzerrt. Zitternd holte er Luft und ich hörte, wie eine seiner Rippen knackte. Seine Augen fielen zu. Er sagte keinen Pieps mehr. Und ich sah auch nicht, dass er atmete.

»Leander, mach keinen Scheiß!«, rief ich und verpasste ihm eine Ohrfeige. »Nicht draufgehen, hörst du? Das kannst du nicht, du darfst das nicht, nicht jetzt, verstanden?«

»Luzie. Bitte. Nicht schreien. Deine Stimme … Schmerzen … mein Kopf«, bat er mit schwacher Stimme und sein Zittern verwandelte sich in ein Schlottern, das seine Zähne unkontrolliert aufeinanderschlagen ließ. Dann verebbte es wieder. Ich hörte mich aufschluchzen, zwang mich aber, nicht mehr zu schreien. Offensichtlich tat es ihm weh. Meine Tränen tropften auf sein blasses Gesicht.

»Leander, was ist mit dir? Kannst du deine Füße noch fühlen? Kannst du sie bewegen?«, fragte ich so leise wie möglich. Er war auf seinen Rücken gestürzt, um mich abzufangen. Was machte ich nur, wenn er nun querschnittsgelähmt war, sich die Wirbelsäule gebrochen hatte? Das war seit eh und je mein Schreckgespenst. Mich nicht mehr bewegen zu können, nie mehr, den ganzen Tag im Rollstuhl zu sitzen. Wir alle hatten Angst davor, Seppo, Serdan, Billy und ich. Diese Angst hatte uns beim Parkour zusammengeschweißt, aber wir redeten nie darüber.

Leander lag einen Moment lang so still da, dass ich fürchtete, er könnte tot sein. Weinend suchte ich nach seinem Puls. Er hob träge seinen linken Arm und griff nach meinen Fingern.

»Fühle … alles …«, stammelte er mühsam. »Fühle viel zu viel … dich … mein Herz … und auch meine Füße … aber vor allem meine Schulter und mein … aaah …«

Sein Schlüsselbein. Verdammt, es war gebrochen. Ich spürte es genau – ein kleiner sauberer Riss unter meinen Fingerkuppen. Und es sah so aus, als habe er sich seine Schulter ausgekugelt – wie ich, kurz bevor ich ihn kennengelernt hatte. Sein rechter Arm lag seltsam abgewinkelt auf dem Waldboden.

Doch er nahm meine Hand mit der Linken und legte sie sich an seine fieberwarme Wange. Etwas Kühles streifte mein Ohr und ich griff automatisch danach. Es war eine von Herrn Rübsams Münzen. Leander hatte bereits ein Lederband hindurchgefädelt.

»Ein Franc. Von früher. Kein Euro. Sondern eine echte Franc-Münze. Für dich.« Er nahm sie sich ab und legte sie mir um den Hals, obwohl er dabei vor Schmerzen aufkeuchte.

»Nicht weinen, chérie. Wird alles wieder.«

»Nein, das wird es nicht!«, heulte ich. »Du bist verletzt, du blöder Idiot! Warum hast du das gemacht? Warum hast du dich in solche Gefahr gebracht?« Ich strich ihm die Haare aus der Stirn. Er öffnete kurz sein Huskyauge, dann folgte das grüne, bevor er beide stöhnend wieder schloss.

»Ganz einfach, Luzie. Seppo: Traceur. Du warst in ihn verknallt«, erklärte er schleppend. »Bist es immer noch ein bisschen. Serdan: Traceur. Du küsst ihn. Bewunderst ihn. Redest ganz anders mit ihm als mit mir. Also dachte ich, ich muss auch Parkour machen, damit …«

»Was damit?«, fragte ich scheu, obwohl ich es ahnte. Leander antwortete nicht, sondern legte seine gesunde Hand auf meinen Nacken und zog mich sanft zu sich herunter.

»Das, chérie.« Er roch nach Pfefferminz und Duschgel und ganz schwach nach Wodka und seine Wimpern kitzelten meine Wange, als meine Lippen seinen Mund berührten, fast wie zufällig, als hätten wir es gar nicht beabsichtigt – und doch fühlte es sich so richtig an, dass ich sie dort ließ, bei ihm, und erstaunt registrierte, wie die schwere, bohrende Last in meinem Magen sich zerstreute und einem wilden Flattern Platz machte, das kein Ende mehr nehmen wollte. Mein Herz tat ein bisschen weh, aber das war okay, ich wollte es nicht anders. Ein wenig wehtun musste es wohl.

»Ich glaube …«, sagte Leander heiser, die Lippen an meiner Wange. »Ich glaube, ich …« Noch einmal küsste er mich, sanft, aber bestimmt, und ich verstand, was Sofie daran schön gefunden hatte. Doch es war nicht nur schön, nein, es war wie ein kostbarer Schatz, den ich mir immer wieder anschauen und niemals verschenken wollte. Ich wollte nicht einmal davon erzählen. Weil ich im Gegensatz zu Sofie wusste, von wem dieser Kuss stammte. Niemand anderes hätte ihn mir geben dürfen.

»Luzie … Ich glaube, ich werde ohnmächtig.«

Und das wurde Leander dann auch. Lag still unter mir auf dem nassen Laub, mit dem Anflug eines Lächelns im Gesicht, und gab keinen Mucks mehr von sich.

Vom Burghof näherten sich Stimmen. Jetzt sah ich außerdem, dass der Kegel einer Taschenlampe durch das Geäst der Bäume wanderte. Herr Rübsam hatte bemerkt, dass ich getürmt war. Sie suchten mich!

»Werd wieder wach, Leander, bitte!«, bettelte ich und biss ihm in die Wange, klatschte nasses Laub auf seine Stirn, zwickte seinen Nacken. »Aufwachen! Nur kurz!« Ich hörte mich schon an wie er, wenn er mir mitten in der Nacht etwas vollkommen Unwichtiges erzählen wollte.

Die Stimmen wurden lauter, vermischt mit Rufen. »Luzie! Luzie, bist du da?« »Luzie!« Seppo. Das waren Seppo und Serdan und Herr Rübsam …

»Leander, bitte! Komm zu dir!«

»Was ist?«, flüsterte er gequält. »Will ausruhen …«

»Was soll ich denn jetzt mit dir machen? Die anderen werden mich hier wegholen, wahrscheinlich sehen sie dich nicht, was soll ich nur tun?«

»Mich liegen lassen. Einfach liegen lassen. Dann werde ich durchsichtig und warte, bis alles nicht mehr wehtut … nicht mehr …« Er wurde erneut bewusstlos.

»Gott sei Dank, sie lebt! Kommt her, ich hab sie gefunden!«, tönte Herrn Rübsams Rufen durch den Wald. Eine Minute später hatten Seppo und Serdan mich vom

Boden hochgezogen und tasteten mich hektisch ab, während Herr Rübsam nicht mehr aufhören konnte »Gott sei Dank« zu brabbeln. Immer wieder warf ich kurze Blicke zu Leander hinüber, doch seine Ohnmacht hielt an. Er bekam von dem Trubel um ihn herum nichts mit.

»Alles gut, danke«, sagte ich zerstreut und drückte Seppos und Serdans Hände weg. Ich wollte nicht, dass mich jemand anfasste. Nur Leander durfte das jetzt tun, aber der stellte sich ja tot. Nun begriff auch Herr Rübsam, dass ich wie durch ein Wunder unversehrt geblieben war, und sein »Gott sei Dank« wurde immer unfreundlicher, bis Frau Dangel zu uns stieß und beide damit begannen, im Duett mit mir rumzuschreien. Ich hörte eine Weile stumm zu und verstand zumindest so viel: Sie hatten von Herrn Rübsams Fenster aus gesehen, wie ich auf die Ruinen kletterte, mich dann flach auf den Bauch legte, mich fallen ließ und einen Salto schlug. Ja, in ihren Augen hatte es wie Parkour ausgesehen – allerdings Parkour von der ganz miesen Sorte. Und alle hatten geglaubt, ich hätte diesen Stunt nicht überlebt.

»Weil man so etwas gar nicht überleben kann«, schloss Herr Rübsam kraftlos. »Du musst eine ganze Armada an Schutzengeln um dich haben, Luzie, weißt du das? So etwas kann man im Grunde nicht heil überstehen …«

»Kann man schon«, mischte sich Serdan mit brummendem Bass ein – ruhig und freundlich, aber auch unüberhörbar belehrend. Herr Rübsam und Frau Dangel verstummten und schauten ihn an. »Man kann es, wenn man Parkour macht.«

»Ja, dieses Parking … davon hat Frau Morgenroth erzählt«, murmelte Herr Rübsam verwirrt. »Und nun hat Luzie es schon wieder gemacht, obwohl sie es nicht darf … aber … woher …?« Fragend musterte er Serdan, der nach vorne getreten war, sodass ihn jeder sehen konnte.

»Wir machen alle Parkour. Seppo, Billy, Luzie und ich. Wir haben es Luzie überhaupt erst beigebracht! Es ist unsere Schuld, dass sie da hochgeklettert ist. Denn wegen uns musste sie mit dem Parkour aufhören, weil …« Seppos scharfer Blick brachte Serdan für einen Moment zum Schweigen. Auch ich wagte nicht zu sprechen.

»Ist nicht wichtig«, sagte er schließlich wegwerfend. »Ihre Mutter hat es rausgekriegt und Luzie war so nobel, uns nicht mit reinzuziehen. Aber wir stecken da alle drin. Und Luzie lässt sich halt nix verbieten. Sie macht es so oder so. Sehen Sie ja. Auch mitten in der Nacht. Aber wenn Sie jemanden bestrafen wollen, müssen Sie schon uns alle bestrafen. Alle vier. In Ordnung?«

»Lieber Serdan, wenn du nur ein einziges Mal so viele Sätze hintereinander im Unterricht bilden würdest, müsste ich dir nicht immer eine Vier im Mündlichen geben«, blökte Herr Rübsam. Ich machte mir ein wenig Sorgen um ihn. Er sah aus wie jemand, der sehr lange schlimm krank war und zu früh wieder aufgestanden ist. Und Serdans mündlicher Notendurchschnitt war nun wirklich nicht unser Hauptproblem. Herr Rübsam strich sich über sein schütteres Haar. »Dann macht ihr dieses Parking …«

»Parkour, Peter!«, verbesserte ihn Frau Dangel mit schneidender Stimme. »Das heißt Parkour!«

»Sie kennen es?«, rief ich erstaunt und alle sahen mich an, als hätte ich nicht die Erlaubnis, zu sprechen.

»Ich bin Französischlehrerin, n'est-ce pas?«, fragte Frau Dangel schnippisch.

»Ich verstehe gar nichts mehr«, kapitulierte Herr Rübsam. »Und ich brauche eine Zigarette. Luzie, tut dir etwas weh?«

Ich schüttelte den Kopf, obwohl mir sehr wohl etwas weh tat. Mein Herz. Ich konnte Leander hier nicht liegen lassen. So alleine und verletzt. Und doch war es die einzige Chance. Das Verhalten der anderen war der beste Beweis dafür, dass er nicht sichtbar geworden war durch den Alkohol – oder es mittlerweile nicht mehr war. Denn das meiste von dem Teufelszeug hatte er ja wieder ausgespuckt. Ich konnte ihn zu keinem Arzt bringen. Wie sollte ein Arzt jemanden behandeln, den er nicht sah und hörte, sondern nur spürte? Und was würde es für Folgen haben? Nein, ich *musste* ihn liegen lassen.

»Gut«, sagte Herr Rübsam und gab sich keine Mühe, das Beben in seiner Stimme zu kaschieren. »Dann gehen wir jetzt zurück in die Burg und reden darüber. Auch wenn es die ganze Nacht dauert.«

Es dauerte nicht die ganze Nacht, aber lange genug, um sich irgendwann wie die einzigen Menschen auf dieser Welt zu fühlen. Frau Dangel war längst ins Bett gegangen. Die meiste Zeit sprachen Billy und Seppo. Sie erklärten Herrn Rübsam ganz genau, was Parkour war, wer es erfunden hatte und worauf man dabei achten musste. Dass David Belle mich besucht und gefilmt hatte und mich für außergewöhnlich talentiert hielt, aber auch, dass wir seit Wochen nichts mehr gemacht hatten, weil wir diesen Pakt geschlossen hatten. Alle oder keiner.

»Dann hat Luzie gegen den Pakt verstoßen«, schlussfolgerte Herr Rübsam müde.

»Eigentlich nicht. Eigentlich haben wir gegen den Pakt verstoßen. Wir haben uns nicht getraut, es – äh – unseren Eltern zu sagen«, erwiderte Seppo. »Wir wollten bis nach der Klassenfahrt warten. Und Luzie war so fair, uns nicht zu verpfeifen, obwohl wir warten wollten und sie nicht.«

»Ja, das muss man ihr wohl anrechnen«, gab Herr Rübsam gähnend zu. Er schob mir eine Tafel Nussschokolade zu, von der sich die anderen immer wieder bedient hatten. Ich mochte eigentlich keine Schokolade, aber mir war alles recht, was mich einen Moment lang von Leander ablenkte. Jede einzelne Zelle in mir wollte zu ihm und doch durfte ich es nicht. Denn er musste durchsichtig bleiben – lange genug, um wieder einen gesunden Körper zu haben, sobald er sich mir näherte. Dabei hatten wir keine Ahnung, ob es funktionieren würde.

»Trotzdem, das mit dem Alkohol – das kann ich nicht ignorieren«, fuhr Herr Rübsam nach einer nachdenklichen Pause fort. »Das geht nicht.«

»Ich hab nicht getrunken!«, wiederholte ich mein Mantra des Abends. Jetzt sagte ich mal die Wahrheit und nichts als die Wahrheit und es wurde mir dennoch ein Strick daraus gedreht. »Soll ich Sie noch einmal anhauchen? Sie können gerne die Bullen holen und mein Blut testen lassen, wenn Sie wollen. Kein Problem!«

»Sie hat echt nicht getrunken«, bestätigte Serdan. »Ihr wollte jemand einen Streich spielen. Da war eine Rechnung offen.«

Wir blickten ihn allesamt fragend an.

»Könntest du etwas deutlicher werden, Serdan?«, bohrte Herr Rübsam.

»Luzie war gestern auch beim Flaschendrehen«, antwortete Serdan. »Sie ist aber abgehauen, weil es ihr zu blöd wurde.« Herrn Rübsams Mund zuckte belustigt, doch er ließ Serdan weitersprechen. »Sie hat aus Versehen mit der Tür geknallt. Davon sind Sie wach geworden – und den Rest kennen Sie ja. Die anderen hatten einen Hals auf Luzie. Also haben sie ihr Zimmer verwüstet und Alkohol darin ausgekippt. Damit sie Ärger bekommt.«

Wow. Serdan konnte ziemlich gut lügen. Vielleicht konnte ich noch von ihm lernen.

»Und von wem ist der Alkohol? Wer hat ihn in die Jugendherberge geschmuggelt?«

Wir schwiegen. Sollten wir Marvin und Leon verraten? Nein, das konnten wir nicht tun. Die hatten mit der ganzen Sache hier nichts zu tun.

»Sorry, das wollen wir nicht sagen. Aber wir waren es nicht. Traceure trinken keinen Alkohol. Ist Gift für unseren Sport«, sagte Seppo, nachdem wir uns kurz in die Augen gesehen und die Köpfe geschüttelt hatten. »Und ich glaube Luzie, dass sie nichts davon getrunken hat.«

Herr Rübsam vergrub sein Gesicht in den Händen und einige Minuten lang sagte niemand ein Wort. Ich platzte fast vor Ungeduld. Was würde er jetzt tun? Unsere Eltern anrufen, heute Nacht noch? Den Direktor informieren? Vielleicht sogar die Polizei holen? Nein, Herr Rübsam sah nicht wie jemand aus, der gerne Aussagen vor der Polizei machte.

Und warum verteidigte mich Serdan unentwegt? Ich war ihm zwar dankbar dafür, aber er hätte es nicht tun müssen. Nicht in allen Punkten. Bezweckte er etwas damit? Aber wenn ja: was?

»Ich denke mir etwas aus«, verkündete Herr Rübsam nach einer weiteren Zigarette, die er am offenen Fenster qualmte, während wir stumm und mit nervös wippenden Knien auf unser Urteil warteten. »Vielleicht könnt ihr dieses Parking …«

»Parkour!«, fielen wir dazwischen.

»Jaa, Parkour. Vielleicht könnt ihr das ja in der Schulturnhalle machen. Unter Aufsicht. Ihr könnt dort Hindernisse aufbauen und … Leute, ich kann euch auch gleich morgen früh an eure Eltern verpfeifen, alle vier!«, unterbrach er sich, als er unsere langen Gesichter sah. Also hatte er gar nicht vorgehabt, uns zu verraten?

»Okay, super, Turnhalle!«, rief Billy.

»Turnhalle ist klasse!«, bestätigte Serdan.

»Spitzenklasse«, fügte ich nickend hinzu. Autsch, mein Nacken. Seppo grinste nur erleichtert.

»Gut.« Herr Rübsam nickte zufrieden. »Denn das Geständnis bei euren Eltern nehme ich euch nicht ab. Ihr müsst es ihnen schon selbst erklären.« Jetzt grinste auch ich. Na, logisch, dass Herr Rübsam es nicht unseren Eltern sagen wollte. Er hatte Schiss vor meiner Mama. »Aber ihr versprecht mir, dass ihr es tun werdet, ja? Ihr habt ab morgen zwei Wochen Zeit. Zwei Wochen. Wenn ihr in der Zeit nicht Tacheles redet, muss ich es ihnen mitteilen. Einverstanden?«

»Einverstanden.« Wir schlugen allesamt bei Herrn Rübsam ein und besiegelten unser Versprechen mit den letzten Stücken Nussschokolade. »Und jetzt ab in die Federn, und zwar dalli!«

Serdan begleitete mich noch bis zu meinem Zimmer.

»Mann, Luzie. Das war mal wieder 'ne Nummer. Jetzt hab ich schon zum zweiten Mal gedacht, du …« Er redete nicht weiter, sondern schüttelte nur den Kopf, als sehe er etwas, was er nicht glauben konnte. »Aber dieses Mal war es anders. Da war etwas. Ich hab's gesehen, Luzie. Du warst nicht alleine! Jemand hat dich angeleuchtet, von unten, du hast kurz blau geschimmert. Hey, ich bin doch nicht bescheuert! Was war das? Wer war bei dir?«

Ich tat so, als hätte ich ihn nicht gehört, und guckte dumpf auf meine Fußspitzen. Doch Serdan ließ sich nicht abwimmeln. Er blieb neben mir stehen und versuchte, mich mit seinen schwarzen Augen zu durchbohren.

»Warum hast du das mit dem Alkohol gesagt?«, fragte ich, um ihn abzulenken.

»Ich weiß, dass du nichts getrunken hast, Katz. Doch irgendjemand war in deinem Zimmer. Es kann nicht anders gewesen sein. Sofie hat gesagt, dass totales Chaos geherrscht hat, als hätte jemand randaliert. Die sagt das doch nicht einfach so … Hast du einen heimlichen Freund? Wenn ja, dann ist das ein ziemlicher Idiot.«

Ich schwieg immer noch, obwohl Serdan recht hatte. Idiot war genau der passende Ausdruck für das, was Leander gelegentlich sein konnte.

»Und warum sollte ich eigentlich unbedingt Sofie küssen? Hm? Was steckte dahinter? Luzie, ich bin nicht doof!«

»Gute Nacht, Serdan«, sagte ich leise, schlüpfte in mein Zimmer und lehnte mich zitternd an die Tür.

»Gute Nacht, blauer Schimmer«, setzte ich wispernd hinterher. »Und bitte, bitte, bitte werde wieder gesund.«

HEIMKEHR

Schon auf der Rückfahrt begann ich zu weinen. Erst liefen die Tränen stumm über meine Wangen, doch dann schüttelte mich das Schluchzen so unbarmherzig, dass es niemand mehr übersehen konnte. Ich hatte mich noch nie in meinem Leben so elend gefühlt. Leander war nicht zurückgekehrt. Ich hatte den ganzen Morgen nach ihm Ausschau gehalten und immer wieder gegen den Wunsch angekämpft, zu ihm zu gehen und nachzusehen, ob alles okay war.

Ich hatte vorgegeben, etwas in meinem Zimmer vergessen zu haben, um Zeit zu schinden, als der Bus da war. Ich hatte mir kurz vor der Abfahrt noch einen Toilettengang erschlichen, den Busfahrer in ein Gespräch verwickelt, doch es nützte alles nichts – Leander tauchte nicht auf. Er lag immer noch im Schatten der Burg auf dem kalten, feuchten Waldboden. Vielleicht war er nicht einmal aus seiner Ohnmacht aufgewacht. Oder er war zu schwach, um sich in einen Geist zurückzuverwandeln … Er würde dort langsam und qualvoll sterben und niemand würde je davon erfahren oder ihn gar finden. Es war noch schlimmer als bei Kaspar Hauser!

»Luzie, was ist denn los, ist es wegen Serdan? Hast du ein schlechtes Gewissen? Lena hat dich gestern mit ihm gesehen. Ich weiß alles.« Sofie strich unbeholfen über meine Haare. »Ist nicht schlimm, ich bin dir nicht böse, ich wollte ihn sowieso nicht richtig, er guckt immer so finster … Außerdem hat mich Leon zu seiner Party eingeladen. Oder ist es wegen Seppo? Seppo und Kelly?«

Ich schüttelte den Kopf und putzte mir die Nase, um Luft zu bekommen. Doch das Schluchzen wollte nicht mehr aufhören.

»Mensch, Luzie, so kenne ich dich ja gar nicht. Sag doch was, wenigstens irgendwas …«

»Will nicht weg«, brachte ich heulend hervor und beobachtete panisch, wie der Bus auf die Bundesstraße nach Ludwigshafen einbog. Nun gab es wirklich kein Zurück mehr. »Alles ist vorbei … alles …«

»Ist ziemlich blöd für dich gelaufen, oder?«, erwiderte Sofie verständnisvoll. »Die nächste Klassenfahrt wird besser, bestimmt. Ich wäre auch gerne noch ein bisschen dort geblieben. Luzie, bitte, hör doch auf zu weinen. – Sie hört nicht auf! Macht irgendwas!« Sofie blickte fragend zu Serdan hoch, der mit Seppo zu uns auf die Rückbank gekrabbelt war, wo ich mich mit dem Kopf zum Fenster auf dem schmuddeligen Polster zusammenrollte. Ich wollte nichts und niemanden mehr sehen.

»Sie steht bestimmt unter Schock. So ein verspäteter Schock«, mutmaßte Seppo und gab mir einen leichten

Klaps auf den Rücken. »Manchmal kommt das ja verzögert.«

»He, Katz, alles nicht so schlimm.« Das war Serdans Brummbärstimme. Ich schaute nicht hoch. »Wir werden jetzt mit offenen Karten spielen, es gibt keine Strafe, Herr Rübsam wird uns nicht verpfeifen, eigentlich ist doch alles gut. Oder?«

Ich reagierte nicht und so ließen sie mich in Ruhe, ohne mir von der Seite zu weichen, und atmeten hörbar auf, als mein Schluchzen leiser wurde und schließlich verebbte. Ich lag da wie ein Stein und wollte einfach nichts mehr denken.

Erst als Mama mich in Ludwigshafen vor der Schule in die Arme schloss, flossen die Tränen wieder von Neuem. Doch Mama schien sich beinahe darüber zu freuen. Meine Tränen waren für sie eine Art Beweis, dass meine Klassenfahrt genauso dramatisch ausgegangen war wie ihre einstigen Klassenfahrten. Hüttenkoller! Sie hatte nicht die geringste Ahnung, von welcher Dramatik wir hier sprachen. Ich hatte meinen Schutzengel umgebracht. Das hatte wahrscheinlich noch keine Menschenseele vor mir fertiggebracht. Jedenfalls nicht wissentlich.

Zu Hause verkroch ich mich sofort in mein Zimmer und weinte, bis mein Kopf zu platzen drohte und sich unzählige rote Äderchen in meinen Augen gebildet hatten. Ich sah aus wie ein Zombie. Das passte gut, denn ich fühlte mich mehr tot als lebendig. Ich wollte nicht reden, nicht essen, nicht trinken, nicht fernsehen oder Musik hören, ich hatte nicht einmal Bock, aufs Klo zu gehen, obwohl meine Blase fast platzte.

Als Mama das dritte Mal ungefragt ins Zimmer stürzte, um mir irgendetwas Unnötiges zu bringen oder zu erzählen, rastete ich aus.

»Lass mich endlich in Ruhe, Mama! Bitte!«, schrie ich sie an und ihr gekränktes Gesicht brachte mich schon wieder zum Heulen. »Ich will allein sein!«

Das war die Lüge des Jahrhunderts – doch mit allein meinte ich: keine Menschen. Wächter: ja. Ein ganz bestimmter. Aber keine Menschen.

»Ich wollte dir nur sagen, dass ich eine gute Nachricht habe«, trötete Mama beleidigt. »Wir fahren dieses Jahr in den Urlaub! Ich habe deinen Papa überredet. Na, ist das nicht was?«

Ich warf mich nur wimmernd aufs Bett. Urlaub. Was änderte das schon? Was sollte ich ohne Leander im Urlaub? Mama und Papa konnten alleine fahren. Und, oh nein, morgen musste ich auch noch zur Schule … Wie sollte das gehen? Ganz alleine? Ich konnte nicht mehr zur Schule gehen. Das war völlig undenkbar. Ich würde für immer auf diesem Bett liegen bleiben und gar nichts mehr tun.

Aber dann würde ich früher oder später in die Hosen machen. Und das wollte ich dann lieber doch nicht. Schniefend rappelte ich mich auf, ging ins Bad, pinkelte, putzte mir die Zähne, obwohl es sinnlos war, das zu tun, weil ich sowieso niemanden mehr küssen würde in diesem Leben, niemanden!, schlurfte zurück in mein Zimmer und wickelte die Decke so fest um meinen müde geweinten Körper, als wollte ich mich damit erdrosseln.

»Bist du sicher, dass ihr nichts fehlt?«, hörte ich Papas Stimme aus dem Flur. »Das kann doch nicht mehr normal sein …«

»Klassenfahrt, Heribert«, raunte Mama. »Unser Mädchen war auf Klassenfahrt.«

»Und weiter? Was möchtest du mir damit bedeuten, Rosa?«

»Sie hat sich unglücklich verliebt. Oder will wieder zurück. Die meisten Mädchen wollen danach erst einmal zurück. Weil alles so neu und toll und aufregend war.«

»Unsere Luzie ist nicht wie die meisten Mädchen. Das weißt du, Rosa«, erinnerte Papa sie.

»Na, vielleicht ist sie es jetzt ja doch«, frohlockte Mama, um gleich darauf mitfühlend zu seufzen. »Ach Göttchen, das arme kleine Ding.« Ihre Stimmen wurden leiser. Dann fiel die Wohnungstür ins Schloss und ihre Schritte entfernten sich die Treppe hinunter.

Ich überlegte, ob ich beten sollte, und faltete testweise die Hände. Ich hatte noch nie freiwillig gebetet, und wenn es einen Gott gab, dann wusste der das nur zu gut. Nein, Beten war albern. Ich musste mich mit dem, was geschehen war, abfinden. Ich musste von nun an für immer mit der Vorstellung leben, dass ich meinen eigenen Wächter auf dem Gewissen hatte. Weil ich Serdan geküsst hatte, um mich abzulenken, hatte Leander sich betrunken und Parkour gemacht. Nein, stopp. Ich hatte Serdan nur geküsst, weil Leander Sofie geküsst hatte. Und Leander hatte Sofie geküsst, weil …

»Ach, zum Teufel mit dieser ganzen Kacke!«, fluchte ich und drückte mein Gesicht ins Kissen. Ich war jetzt eben allein, wie viele andere Jugendliche auch. Serdan war allein. Seppo war es. Elena. Die kamen auch klar. Ich musste vergessen, dass es Leander gegeben hatte. Ja, ich musste ihn vergessen. Und meinen ersten richtigen Kuss auch.

Ich starrte blind auf das Fenster, durch das Leander nach seinen allnächtlichen Freiflügen immer zu mir gekommen war, bis die Tränen meine Augen erneut überschwemmten und ich nicht mehr anders konnte, als sie zu schließen. Selbst Mogwais kühle Hundeschnauze, die immer wieder tröstend gegen meine herabhängende Hand stupste, konnte mich nicht aufheitern. Meine Welt war dunkel und leer geworden. Ich wusste nicht, was ich darin noch verloren hatte.

Als meine Gedanken schon fahrig wurden, kämpfte ich mich noch einmal aus dem Bett und holte eine der axe-Duschgelflaschen, die ich vorhin schluchzend ausgepackt hatte, aus meinem Schrank, öffnete sie und legte sie vor meine Nase auf das Kopfkissen. Bei jedem

Atemzug stellte ich mir vor, Leander wäre da. Hier bei mir auf dem Bett. Ich war so erschöpft, dass mein billiger Trick funktionierte. Wenn ich schlief, konnte ich ungestört von Leander träumen, ihn riechen, dann war er noch da … bei mir …

»Nicht mehr weinen, chérie. Aaaah. Autsch.«

Ups, das war aber ein schneller Traum. Ich war kaum eingeschlafen, da ging es schon los. Besser als Kino.

»Chérie? Luzie. Hallo. Hallo?« Ein Knipsen ertönte neben meinem eingepackten Ohr, dann wurde es hell vor meinen vom Heulen geschwollenen Lidern. »Haaallooo. Ich bin da-haaa. Luzie? Himmel, siehst du scheiße aus. Und wieso umarmst du mein Duschgel? Soo gut riecht es auch wieder nicht. Ich hätte ja lieber Boss oder Armani, aber dazu reicht dein Taschengeld nicht. Luzie!?«

Nein, bitte nicht so ein Traum. Nicht einer von denen, die sich anfühlen wie echt, und wenn man aufwacht, ist man ganz taub vor Enttäuschung. So einen Traum wollte ich nicht. Dann lieber gar keinen. Außerdem war Leander in meinen Träumen eigentlich immer netter als in der Wirklichkeit. Und das hier eben war nicht nett gewesen.

»He. Ssssst. Luzie. Luzie, bitte schau mich mal an, bevor ich wieder umkippe, ich glaub, das passiert nämlich gleich, ich …«

»Leander!« Ich fuhr hoch und fiel ihm so stürmisch

um den Hals, dass wir zusammen aus dem Bett fielen und gegen das Sofa polterten. »Ist das echt? Bin ich wach?«

»Echt«, sagte er stöhnend und befühlte seine Schulter. »Und wie echt … Merde!«

»Bist du wieder gesund?« Ich löste mich von ihm und betrachtete ihn argwöhnisch. Seine Wangenknochen warfen bläuliche Schatten auf sein Gesicht und seine Augen wirkten matt. Selbst das schneeblaue hatte seine Leuchtkraft verloren.

»Na ja. Mein Arm ist zurück im Gelenk und der Bruch – er wird wohl heilen.« Sein rechter Arm hing tatsächlich nicht mehr schlaff herab. Trotzdem gefiel mir Leander nicht. Er sah kränklich aus. Entschuldigend hob er die Schultern und keuchte gleichzeitig vor Schmerz auf. »Hab ihn mir selbst eingerenkt«, stieß er hervor und schloss kurz die Augen.

»Selbst eingerenkt? Wie denn das?«

»Hab mich mit der Schulter gegen die Burgmauer geworfen, als du heute Morgen im Hof warst. Zwei Mal. Dann hat es geklappt.«

»Oh Gott … Hat das nicht schrecklich wehgetan?«

»Hat es«, bestätigte er seufzend und grinste schief. »Guck nicht so, Luzie. Das, was die Zentrale mit mir gemacht hat, um meinen Körper zu entfernen, war viel schlimmer. Aber dieses Mal hatte ich Angst, dass ich nicht mehr körperlos werden kann. Es war genau anders herum.«

»Und?«, fragte ich angespannt. »Bist du wieder körperlos geworden, nachdem ich weg war? So wie vorher?«

Leander schüttelte bedächtig den Kopf. »Nein. Luzie, ich war nie mehr völlig körperlos seit dem Fluch. Ich hab meinen Körper immer irgendwie gespürt. Trotzdem hatte ich noch Wächtereigenschaften, konnte fliegen und mich ganz leicht machen, wenn ich wollte. Und selbst du konntest mich nicht sehen, wenn ich mich weit genug von dir entfernt hatte. Aber jetzt …« Sein Blick verdunkelte sich. »Es hat sich verändert. Ich hab mich verändert. Das Fliegen eben war so anstrengend wie noch nie. Alles tut weh. Ich bin dreimal fast abgestürzt. Und dann mein Kopf. Ich kann mich an kaum mehr etwas von heute Nacht erinnern.« Also auch nicht an unseren Kuss, dachte ich – und stellte fest, dass mir das gar nicht so ungelegen kam. Ich besaß jetzt nämlich nicht die Nerven, mit Leander über den Kuss zu reden. Und doch wollte ich so sehr, dass er sich erinnerte. Ab und zu.

»Luzie?«

Ich musste schlucken, um antworten zu können. »Ja? Was ist? Wirst du wieder ohnmächtig?«

»Wenn du mir etwas zu essen und zu trinken holst, nicht. Ein Stück Brot und etwas Wasser. Vielleicht ein oder zwei Fleischklößchen. Und dann will ich nur daliegen und mich ausruhen. Zwei bis drei Tage lang. Musst alleine zur Schule gehen. Okay?«

»Okay! Ich bin sofort wieder da!«

Als ich zurückkam, hing Leander halb ausgezogen auf dem Sofa und schlief tief und fest. Seine Schuhe und seine Weste lagen auf dem Boden, die Fleecedecke hatte er sich nachlässig um den Bauch geschlungen. Ich stellte den Teller und das Glas auf den Boden, kniete mich vor ihn und sah ihn an. Mehr brauchte ich nicht. Nur hier sitzen und ihn ansehen können. Das war genug, um glücklich zu sein.

Mit einem dankbaren Seufzen schob ich ein Fleischklößchen in meinen Mund und kaute genüsslich. Es war das Beste, was ich jemals in meinem Leben gegessen hatte. Dann trank ich das Wasser halb leer – den Rest durfte Leander haben, falls er wach wurde und Durst bekam –, kuschelte mich ins Bett und ließ mich von seinem gleichmäßigen, ruhigen Pfefferminzatem in meine Träume entführen.

Denn dort wartete er bereits auf mich.